聽笨金魚唱歌

要忘記一個你深愛的人，或許，只能靠著時間，和另一個愛你的人。
也許，時間只能證明愛的深淺，也許，愛你的人只能默默地，在你身邊，聽著，守著，存在著，
也或許，最終，過了一段陰暗無光，也無星子也無月的夜，天亮之後，海闊天空，我們都會幸福。

凡事總有第一次

我想沒有人比我更緊張，在這一部小說上面。

說實話，我懷疑著今年初當我接到「周遊電視製作公司」的E-mail，邀我爲他們的第一部偶像劇跨刀主導所有劇情的時候，我爲什麼會有打出那通電話的勇氣？

電視界是我連想都沒想過的領域，就像當初我想都沒想過我的作品會出版成書一樣。當導演約我在某家咖啡廳見面詳談合作細節的時候，沒有人可以體會得了我當初緊張恐懼的心情。

「我們想借助你的想像力還有寫小說的功力，爲我們公司的第一部偶像劇跨刀。」

導演馮凱的一句話講完，我的腦袋馬上一片空白。

我從來沒有看過劇本，根本不知道劇本長什麼樣子，更遑論要我去寫它。

我也從來不懂影劇的製作步驟，根本也沒看過拍戲現場的情況，更遑論要我去擔任創意的工作。

但是，半年多的努力，加上前輩們、另一位編劇（她也是第一次接觸劇本）、及導演的栽培與厚愛，我終於走完了這一段我曾經以爲自己會半路倒下的路，現在回首看看半年前的過往，稱不上屍橫遍野，但也已然血跡斑斑。

這一段經驗，我學到很多很多，不管是影劇專業領域裡的細節，或是劇情安排、人物性格、戲劇表現上的一切，我都有所領悟。

馮凱導演與資深編劇葉雲樵前輩的指導，是這一部小說與戲劇可以完成的重大關鍵，因爲在他們眼中，我是一個數字「零」，他們必須從頭開始教起，我也必須從頭開始學起，他們一分一分的加上來，我就一分一分的累積自己。雖然他們並沒有爲我的表現給一個分數，但是我覺得自己似乎沒有達到他們的要求，所以我給自己五十分。

我覺得很對不住他們。

寫小說與寫編劇的差別，在我來說就像是潛水夫與登山者的差別，我或許熟悉水性，但我卻沒辦法在海拔兩萬六千英呎的K2峰上自在的呼吸。

但是，我眞的很感謝他們，也感謝所有工作人員，依著我不太出色的劇本，他們也盡力的拍出一部好戲劇。

這是我第一部電視小說，更是我人生的一大步。

二〇〇二年八月十三日於台北市

1

我很愛沁婷，很愛很愛。

三年前，我在麥當勞打工，她是我的同事。

本來，我跟她不會有什麼交集，因爲我是打烊班的工讀生，我只負責收尾、店內的清潔及進貨搬運的工作；而她是晚班的工讀生，我上班的時候，是她下班的時間。

那個夏天，台北很像夏威夷，一個讓人嚮往的地方及一種讓人感覺舒暢的天氣。

因爲夏威夷只在午夜下雨。

她很善良的想幫打烊班的忙，但其實原因是因爲她在等她的男朋友來載她，於是她犧牲了自己下班的時間，在貨運車上幫忙卸貨。

在此之前，我只見過她幾面，連擦身而過都難的情況下，更別說有機會跟她說話。但如果跟她說話的機會是必須要用脖子扭傷以及摔破眼鏡來換的話，那我寧願不要。

「對不起，對不起，我不知道雞塊這麼重，你的脖子還好吧……」

她第一句對我說的話。

「沒關係，沒關係，麻煩妳幫我撿一下眼鏡。」

我第一句對她說的話。

「你的眼鏡在哪？」她跳下貨運車。
「呃……在妳的腳下。」我指著她的右腳。
「對不起，對不起，我不知道你的眼鏡在這……」她第二次向我說對不起。
「沒關係，沒關係，麻煩妳離我遠一點。」
過沒幾天，我在打烊班的工作結束後，親眼看見她男朋友在停車的巷子裡甩了她一巴掌，注定了我跟她之間的緣份。
三年後的今天，我畢業了，她將升大四。
跟她在一起將近三年的時間，其實，我是非常非常快樂的，因爲她很少對我說「NO」。
或許是一種大男人主義的觀念作祟，也或許是習慣了她的不拒絕，所以在我下定決心要考研究所的那一天，我跟她立了一個大男人主義的約定。
「從今天開始到我放榜那一天，我沒有多餘的心力照顧妳，如果妳感覺到冷落或是忽略，請妳務必體諒。」
她一貫的回答「好」字。
我有絕對的信心考上研究所，天知道我有多努力。
每天回到住處，我跟沁婷聊不到兩句話，我就把自己關在房間裡直到天快亮，直到她睡到不醒人事，我才會在她臉上輕輕的一吻，說句「親愛的，對不起」，然後才帶著疲累入睡。

這樣的生活過了十個多月。

雨聲是我的好朋友，跟我同窗四年，幾乎天天都要看到他那張欺騙女孩子的臉，天天都要替他打電話，寫mail推掉他不喜歡的女孩子的邀約，也時常要幫他整理上課的重點，有時候還得幫他送便當到宿舍，只因爲他時常睡到下午一兩點。

我們一起報考了三所大學的物理研究所，但我幾乎沒見過他在念書，身爲好朋友的我時常勸進提醒，但他總是回我一句「爲了不讓你一個人孤單，我是去陪你考試的」。

或許「天塌下來，干卿何事？」的個性是讓他一直保持心情愉悅的主要原因吧，他連期中、期末考都可以放教授鴿子，因爲他不小心睡到自然醒，後來還怪罪學校宿舍爲什麼不蓋在教學大樓旁邊？

直到他遇見了商學院的她，他的生活終於比較像人一點。

「阿哲，阿哲，快開門。」

一天，清晨六點，他猛按我的門鈴，還帶來早點。

「她叫做富貴。」

「什麼富貴？」我還在剛入睡的精神狀態中徘徊。

「她啊，她叫做王富貴。」

「她……？」

「對啊，可愛漂亮清純迷人的商學院之花，她叫王富貴。」

「喔……那……怎樣？」

「今天我要跟她約會，她叫王富貴。」

「喔……恭喜。」

「本少爺心情好，特地替你送早點來，慰勞你考研究所認眞念書的辛勞。」

「喔……謝謝……」

「今天我要跟她約會，她叫王富貴。」

「好，我知道，我知道她叫王富貴。」

「不，你搞錯重點了，重點不是她叫王富貴，重點是我要跟她約會。」

「喔，然後呢？」

「約會需要錢。」

「！」

這個重點威力十足，讓我馬上醒了過來，睡意全消。

我想我永遠不會忘記她的名字。

「王富貴這個名字值兩千。」

在我掏出一千塊錢給雨聲的時候，他說了這麼一句沒人性的話。

「那夏雨聲這個名字值多少？」

「夏雨聲這個名字不值錢，但夏雨聲這個人在下個月會還你兩千。」

五月了，一個既期待又興奮的五月，我終於考完了所有的研究所考試，而在今天即將放榜。

我知道自己的實力，清大物研所的錄取名單上一定有「李元哲」三個字。

近十個多月我對沁婷的冷落與忽略，我深深的了解這全是我的不對，我必須彌補她，我必須把這十個多月以來擺在物理上的注意力以及愛意，全部還給我深愛的沁婷。

我買了一大束沁婷最喜歡的向日葵，訂了凱悅飯店歐式自助餐的座位，也買了一大堆煙火，準備跟沁婷好好的慶祝一番。

我很愛沁婷，很愛很愛。

「我們分手吧，阿哲。」

我很愛沁婷，很愛很愛。

—我真的很愛妳，很愛很愛。—

2

我抱著一大束向日葵，站在門口，看著她東摺西撿的收拾著行李。

「你沒聽清楚嗎？那我再說一次，我、們、分、手、吧！李元哲先生！」

李元哲「先生」?!「先生」?!

這兩個字應該是在市調公司打電話詢問「貴府正在收看哪一個節目？」那種見外、客氣、陌生到不行的關係上才會出現的字眼吧？

「爲……爲……什麼？」

勉強擠出這句話的我，靠在門邊發抖，向日葵變得好重好重。

「我受夠了！」

「受……？沁婷，我知道過去準備考試的這一大段時間，我眞的對妳有很多很多的忽略，現在已經考完了，我們可以重新來過，我保證我一定會彌補妳的。」

「無關忽略的事，我發現我們異常的不適合，而且我已經受夠你了！」

「異常的不適合？沁婷，妳這形容詞有點怪，妳應該說非常不適合彼此才比較順一點。」

她聽完這句話，立刻摔破手上正在裝袋的相框。

「李元哲！你就是這樣，你連說話都有規律，你任何事情都有原則跟規矩，所有的事情一成不變的進行，我眞的受不了了！爲什麼就不能用『異常』來形容不適合呢？我偏要用異常來形容！我跟你異、常、的、不、適、合！」

「好好好……我錯了，我錯了，我改，我改，妳先別這麼激動，有什麼話我們坐下來說，今天放榜，我考上了，我帶著妳最喜歡的向日葵回來送妳，還訂了飯店要一起去慶祝慶祝……」

「考上了？你自己看看你的電腦。」

螢幕上斗大的「錄取名單」，上面並沒有我的名字。

「我已經盡了當你女朋友最後的義務，聽清楚，是義務，我陪你走過了這一段準備應考的日子，現在我義務已盡，我要走了。」

「等等……妳是因爲我沒考上……所以……」

「你怎麼還是不懂啊？我已經無法忍受你一絲不苟的條理。」

說著，她走向旁邊的書架，拿出我最喜歡的那一本《生命中不能承受之輕》。

「書是用來看的，不是用來裝飾的，爲什麼不能有摺痕？摺一角當書籤多方便啊！你看！」

她隨意翻了一頁，摺了一個大大的角。然後她走向書架旁邊的小桌子，拿起她的玻璃杯，打開在一旁的礦泉水。

「爲什麼水只能倒八分滿？我偏偏喜歡滿出來。」

水滴到地上，往地勢較低的方向流去。

她又走到我的書桌旁，拿起原本擺在書桌左上角的我的手機架。

「爲什麼手機架一定要擺在左邊？我就偏要擺中間、擺右邊、擺上面、擺地上！」

手機架就這麼隨著她的右手擺中間、擺右邊、擺上面、擺地上。

然後她走到我旁邊，很熟練的從她左後方口袋拿出我送給她的手機。

「爲什麼手機一定要用NOKIA？我偏要換成MOTOROLA V66！」

NOKIA8250被她丟在沙發上，她從右後方口袋拿出了一支V66。

然後，她指著電風扇，發火似的罵著。

「誰說吹電風扇才有環保概念？那冷氣是發明出來幹嘛的？」

她把電風扇關了又開，開了又關。

「我甚至受夠了你無微不至的照顧，我不要吃泡麵時，你已經平整的拆開筷子，不要你先一步挑出我討厭的蔥……你的仔細，讓我覺得自己像個白痴！」

她的音量在拉高。

「生命爲什麼要這麼規律？這個地方，整齊清潔簡單樸素的讓我有壓力！」

她似乎控制不住她的氣憤。

「可是，妳本來覺得這樣很不錯的……不是……嗎？」

「不，我發現我需要的是多采多姿，而不是一成不變。」

她沒說再見，甩上了門，離開。

我聽著她從來不穿的高跟鞋腳步聲像打釘子一樣敲擊在每一個樓梯階上，我聽著她幾乎快拿不動的行李在地上拖行的聲音，我聽著她不停碎碎唸的走出公寓的一樓門口。

我聽著她曾經愛我的聲音漸漸唱出離開我的無情。

向日葵死得很快。

那天晚上，沁婷回來找我，她說她還是適合跟我在一起生活的方式，她永遠都不會再離開我。

我們深深的相擁，哭泣，在沒有冷氣只有電風扇的房間裡。

然後，有人猛按那該死的門鈴。

相擁而泣的畫面頓時被一道陽光取代。

「我來拿我最喜歡的畫。」

她順手丟了一個東西給我，是我打給她的我住處的鑰匙。

「那鑰匙我不需要了。」

她走到客廳那面大牆，拿走當初我們最喜歡、兩人各出一半的錢買的畫。

「那是『我們』最喜歡的畫。」

她似乎沒聽見，又轉身走向櫃子，我知道她要去拿當初我們在夜市裡一起撈的兩條金魚。

「這是我的金魚。」她說。

我走向魚缸，把剛剛她丟給我的鑰匙放到魚缸裡。

「這是『我們』的金魚。」我說。

她看了看魚缸裡的鑰匙，又看了看我。

「我不要了。」

說完，她扛著畫，甩頭就走，沒有再回頭。

我撈起魚缸裡的鑰匙，拿了面紙擦乾。

我擰了一條抹布，把她剛剛沒脫鞋子踩進客廳裡的鞋印給擦乾。

我拿了老虎鉗，把她當初爲了掛畫而釘在牆上且釘歪了一邊的釘子給拔下。

我把魚缸裡的水換了一次。

我坐在沙發上，一層一層的痛苦像曬傷的皮膚一樣紅皺。

努力了十個多月的研究所考試落榜，心愛的女朋友在同一天跟我說分手，所有曾經相愛的回憶全部被帶走，能拆的拆，不能拆的摔，能分的分，不能分的丟。

這是倒楣的話，我倒楣徹底了。

我很想哭，但是我像阿妹一樣哭不出來。

「至少，我還有魚……」

我看著魚缸，牠們兩個完全不知道發生了什麼事一樣的悠游著。

相擁而泣是一場夢，刺眼的陽光才是眞的。

—我想和妳在刺眼的陽光下相擁而泣，但或許已經沒有機會了。—

3

「她搬走了。」

坐在偶爾會有一股死魚味撲鼻的淡水河邊，我傷心的對著雨聲說。

「搬去哪？」

「不知道，好像是士林吧。她帶走了所有的衣服、她自己買的木衣架、兩個抱枕、三本書、六雙襪子、四部VCD、一把傘。」

「你統計這些幹嘛？」

「你聽我說完。她還帶走了我買的CD隨身聽、十三片電影配樂原版CD、在生活工場買的鬧鐘和盆栽、那支她死命嫌來嫌去的NOKIA8250、我新買的桌上型吸塵器，還有……」

一陣死魚味撲鼻，我頓了一會兒。

「哇銬……你統計的眞……」

「你閉嘴！我還沒說完！隔天她還跑回來要帶走嘻嘻跟哈哈，還有……」

「什麼嘻嘻哈哈？」

「兩年半前我們在夜市裡撈的兩隻金魚。」

「喔。」

「結果金魚留下了，『你儂我儂』卻被她帶走了。」

「什麼你儂我儂？」

「一幅畫，兩年半前我跟她逛藝術品店的時候買的。」

「喔，我還以爲是兩隻變色龍……」

沁婷走了之後沒幾天，這個家就整個都不對勁了。

一下子浴室的燈壞了，一下子大門下面的小玻璃被隔壁那隻笨狗踢倒鞋架給砸破了，一下子瓦斯爐壞到連一點反應也沒有。

窮學生如我，省吃儉用的，修好了浴室燈，修好了大門下面的小玻璃，換了台瓦斯爐。

卻萬萬沒想到，從來不吹冷氣的我，才第一次開客廳裡房東本來就附租的冷氣時，冷氣就冒煙了。

冷氣冒煙了，我也沒錢了，然後，房東爸爸就來了。

我看著工人爲了裝架新冷氣忙來忙去，再加上房東爸爸遠從士林趕過來，我心裡挺不好意思的。

「謝謝房東爸爸。」

「不客氣，這台冷氣也舊了，也該換了。對了，阿哲，怎麼只有你在啊？小婷呢？」

「喔……小婷她……她回家了。」

「回家啦？她眞是個漂亮的小姑娘呢！聽小婷說，你要考研究所，念書念得天昏地暗的，怎麼樣？成績出來了嗎？」

「呃……我……沒考上……」

「沒關係，明年再接再厲，一定上得了的。」

這樣的房東，實在讓人不禁要豎起大姆指稱讚他，因爲他不但慈祥和藹，還心地善良，眞是大好人一個。

如果你跟我一樣這麼想，那麼，請跟我一起摑自己兩個耳光。

「爲什麼？」坐在我旁邊的雨聲，很莫名其妙的皺眉問我。「東西用壞了沒罵你，還裝新的給你，還要你爲課業加油，還關心你家小婷，這樣的房東哪裡找去？」

「這樣的房東，可以去演戲，還可能得獎。」

「爲什麼？」

爲什麼？我現在就告訴你們爲什麼。

新冷氣裝好沒多久，就是我交房租的日子。

小婷不在，沒有她替我分擔六分之一的房租，對我來說，是一項沉重的負擔，但是，很懷舊的我，非常捨不得搬離這個地方，這裡有優美的淡水風光，有言詩意境的淡水日落，有典雅浪漫的河光夜景。

也有他媽可惡的漁人碼頭！

那天，我帶著房租，準備到房東家去交租；因爲同學在漁人碼頭的某家咖啡廳打工，所以我順路過去看看他。

在漁人碼頭旁邊，我遇見了麥克基。

麥克基是我大一剛入學時的室友，但他突然間消失不見了，後來才知道他有錢有勢的爸媽把他送到美國去念書了。

至於他爲什麼叫麥克基，我也忘記了，好像是跟著另一個室友肯德勞叫的吧！叫著叫著就習慣了。

肯德勞也是我大一時的室友，至於他爲什麼叫肯德勞，我也忘記了。

「Hey！Hey！麥克基，好久好久不見了！你好啊！怎麼回台灣啦？在美國混不下去嗎？」我非常有禮貌的用稍帶美式的打招呼方式叫他。

他只是對我笑一笑，然後像看到討債的流氓一樣的跑開。

本來我還以爲他是尿急，想找廁所去，後來發現他匆匆的牽著一個女孩子的手，離開了我的視線，任我怎麼叫他都不回頭。

「我咬聽木咬懂啊。」雨聲用著廣東腔告訴我，他有聽沒有懂。

「麥克基住在士林。」

「喔，然後呢？」

「房東爸爸也姓麥。」

「喔……嗯……然後呢？」

「兩個姓麥的都住士林。」

「喔～～啊……然後呢？」

「然後……然後……你他媽白癡啊?!麥克基他有錢有勢的爸爸就是麥房東，而曾經睡在我旁邊的劉沁婷就快要姓麥啦！」

「喔～～」

就這樣，我搬離了那熟悉的公寓套房，搬離了優美的淡水風光，搬離了有言詩意境的淡水日落，搬離了典雅浪漫的河光夜景。

也搬離了他媽可惡的漁人碼頭。

我收拾好我的行李，背上揹著大型的登山背包，右手抱著「嘻嘻哈哈」，左手拿著雨聲幫我找到的新公寓地址，搭著渡輪，到了天天在我眼裡晃漾的對岸，卻從來沒去過的八里。

而我身上唯一值錢的NOKIA8250，在搭渡輪的時候，掉進了優美、典雅、浪漫的淡水河裡。

「媽呀～～」顧不得丟臉與否，在渡輪上，我朝著天大聲的喊著。

或許我喊得太淒涼了，引來了一群傳教士的關切，因此，我聽著耶穌與聖經的教意，慢慢的，船在八里的碼頭靠了岸。

「信主吧！孩子！信耶穌吧！孩子！所有的不愉快將會過去，你將會擁有主賜給你的新生命。」離開之前，傳教士們依然不停的說著。

「先叫你的主把NOKIA 8250還我再說吧。」我笑著應對，心裡卻這麼嘀咕。

八里，我來了。

帶著一身的滄桑，我來了。

——新生活，我來了，帶著一身的霉運，我來了。——

4

我到了陌生的公寓樓下，看著陌生的門牌號碼，手裡陌生的地址以及陌生的鑰匙在催促著我上樓，打開那一扇屬於新生活的門。

四周似乎在天旋地轉著，初初接觸新環境的我，這樣的感覺常有，總覺得呼吸沒有平時的通順，心跳沒有平時的穩定，連眼前的東西景象都在晃動。

這一扇門很重，防盜性似乎很好。

屋裡有種花香味彌漫，站在門口的我早已經聞到。

門口放了一個鞋櫃，鞋櫃裡放了兩三雙鞋，有條整齊的排列讓我的心情有了些許的好轉；轉頭瞧見屋內的客廳，採光十分明亮，地板也像剛拖過一樣，電視櫃裡東西不多，但擺飾卻一點都不馬虎。

我擺好了我的鞋子，輕輕的拉開紗門，門旁的迎賓桌上有一盆淡藍色的花，湊近鼻子一聞，才知道我被騙了。

那是假花。

我放下行李，走到空了一大片的電視櫃旁邊，把嘻嘻哈哈擺上去，但回頭想想，放太高可能會摔破，嘻嘻哈哈也會摔死，於是我又把牠們拿下來，放在桌子上。

「好棒的地方，我的新室友一定是個很讚的人。」

我心裡這麼說著。慢慢走到陽台上，陽台上有一台洗衣機，洗衣機正在運作著，幾件T恤平整的吊掛在曬衣架上，完全看不出洗後皺摺的痕跡。

「好厲害的曬衣技巧，我的新室友一定是個很讚的人。」

我心裡這麼說著。八里的海風同時吹拂著，清新舒爽午后的陽光，躺在離我不遠的海面上，也貼在陽台上的落地窗上。

「好舒服的環境，世外桃源一般的清新，嘩……這麼會選擇住的地方，我的新室友一定是個很讚的人。」

我心裡這麼說著。天花板的亮綠色吊扇轉動著，瞥見掛在走廊後方窗戶上的白色風鈴，正在叮叮噹噹的被風吹奏出優悅的自然樂章。

我慢慢往走廊深處走去，我看見三道門，其中有一道是關的，兩道是開的。

探頭一看，沒關門的兩個房間，其中一間是和室，堆放了一些紙箱子以及舊報紙，還放了一個狗籠子，但籠子裡沒有東西。

另一間則擺了張單人床，整個房間上了水藍色的漆，掛上了水藍色的窗簾，書桌似乎是請人依尺寸做的，它結實的跨在兩面較窄的牆壁中間。

椅子是普通的木椅，但椅面卻特殊的用了十字形的釘製法，旁邊的衣櫥還散著木頭的味道，我不懂植物，所以我聞不出那是什麼味道。

抬頭一看，右上方的冷氣窗上已經裝好了一部冷氣，但用了塊米色的布蓋起來。因爲他媽該死的麥家族的關係，我對冷氣越來越反感。

我轉身離開這間應該是沒人住的房間，心想這應該就是我的房間了。

已經預付了三個月的押金，一整年的租金，在這樣舒適的環境住下來，明年的現在，我的名字一定會出現在清大物研所的榜單上的。

我幻想著我的名字印在榜單上的美麗，但眼前卻有另一幅更美麗的景……喔！不！我不能用景致來形容它！

因爲那是一個三點全露的女人，活生生的站在我面前，那一秒鐘，我跟她完全不知道該怎麼反應！

她的大眼睛注視著我的臉，相信我，我的大眼睛「也想、很想、超想」注視她的臉，但這時候，我的眼睛不聽我的話。

因爲人總是會不由自主的嚮往美好的事物。

她的身上是半濕半乾的，頭上包著一條毛巾，她只移動自己的右手，身體一動也不動的從她身旁的那間……應該是浴室的地方，拿出一條白色的浴巾，慢慢的包住自己的身體。

我的眼睛終於聽話了。

「如果你再不轉頭的話，我敢保證你活不過今天晚上。」

這是她所說的第一句話，極富威脅性的第一句話。

當然，我不但是轉頭了，同時也背著她。

「小姐，我……」我話才剛說出口，就感覺到一陣涼意襲上我喉頭。

「閉嘴，我沒有叫你說話，你最好安靜，否則，我敢保證你活不過今天晚上。」

一把瑞士刀架在我脖子上，她慢慢的引著我走向客廳，慢慢的，慢慢的，她又把我帶到剛進門的那個鞋架旁邊。

「穿上你的鞋子。」

我從鞋架裡拿出我的鞋子，慢慢的穿上。

她又把我慢慢的，慢慢的推向門口，然後要我別動，大概過了一秒鐘，我聽見一聲「碰」，她把門關起來了。

「喂！小姐！妳聽我解釋啊。」

「閉嘴！這麼想死嗎？」

其實，我已經看不見她，只聽得見她的聲音，以及她拚了命在穿衣服、拉褲頭的聲音。

「不是啊，妳聽我說啊，我是……」

「這麼一大包登山行李你的啊？」

「是啊。」

「這缸笨金魚你的啊？」

「是啊。」

「你最好在一分鐘之內把這些東西帶走，否則，我保證你活不過今天晚上。」

「可是，妳不開門，我怎麼拿啊？」

約莫過了幾秒鐘，她走了出來，手上的瑞士刀已經換成了較大的美工刀。

在開門的同時，她還補上一句，「我可警告你啊，我已經報警了，要是敢耍什麼花樣的話，我保證你活不過今天晚上。」

「小姐，妳聽我說，我……」

「別廢話，東西拿了快走，死變態，不要臉的王八蛋！」

「小姐，我不是變態，也不是……」

「你想挨刀子是不是？」

一點都沒有解釋機會的情況下，我拿了東西、抱著魚缸，慢慢地在她那把藍色美工刀的威脅下，走出了門口。

「你最好快點走，我已經報警了，如果你還想亂來的話，我敢保證你活不過今天晚上。」

她沒有唬我，大概幾分鐘後，警察就趕到了。

我第一次看見警察的槍離開了腰際間的槍袋，而且隨時有瞄準我的準備。

「你在這裡幹什麼？」警察掏出槍，用手指著我問。

「阿Sir，這是一場誤會，我是這裡的新房客，今天剛搬來，我不知道裡面有人在洗澡，更不知道洗澡的是一個女的，最不知道的是，我真的真的不知道她會沒穿衣服就跑出來，她拿著刀子威脅我，還不讓我說話……」

我話還沒說完，那個小姐在裡面昏倒了。

送到醫院去才知道她根本就害怕到不行，情緒極度緊張的情況下，一點點的鬆懈就會令她短暫的失去意識。

「你最好保持離我兩公尺遠，否則，我保證你活不過今天晚上。」

那天晚上，我一共聽了八百次同一句話。

——我的室友是一個要我活不過今天晚上的一個……很讚的人。——

5

「你再說一次，完完整整的再說一次。」我揪著雨聲的領頭，狠狠的瞪著他。

「啊……你抓著我，我怎麼說啊？」

把他重重的甩在一邊，我簡直火大到了極點。

「我也不知道事情會變這樣啊，因爲富貴已經找到房子了嘛，我又希望她來跟我一起住啊，而我也知道你不可能繼續住在麥機車的房子裡啊，所以我就叫富貴把房子讓給你，這樣她就可以跟我住在一起啦！這不是一舉數得嗎？」

「喂！王富貴被你給追上了，我恭喜你，生活有了一個重心，我替你高興，結果你差點害我進了警察局，就爲了不小心看見一個恰北北的女人的裸體，現在街坊鄰居都以爲我是色狼變態。」

「喂……她身材怎樣？」

「其實……挺讚的耶……哇銬！你是不是人啊？夏雨聲！我跟你講社會版，你在跟我講娛樂版。」

「不能怪我啊，我也是爲了你好啊，劉沁婷被麥克基追走，麥機車又在你面前演得一副大好人的樣子，我也看不過去啊，而且我知道你的個性，你一定死不住那兒的啊，那剛好富貴找到新房子，又幫你在房東那邊多殺了一千塊耶，給你住不是挺好？又省了找房子的時間，又有好地方住。」

「那爲什麼不告訴我那裡已經住了個女人了？」

「我跟富貴也都不知道啊。」

「所以算我倒楣。」

「我很不想這麼說，但是，你眞的很倒楣。」

我很慶幸自己還活著，在我那位親愛的室友每隔十分鐘便叮嚀我一次「你活不過今天晚上」的情況下，我看見了隔日的太陽，透過藍色的窗簾斜斜照進了我的暖床。

夏雨聲一大早就被我叫到新的住處來，但是我「親愛的室友」還在睡覺，我只好帶著他上頂樓興師問罪，免得等等又惹了一把刀架在脖子上。

這就是我在八里開始的新生活，在不到二十四小時的時間裡，警察來了三次，「親愛的室友」半夜醒來五次，凌晨的時候，她的鬧鐘叫了六次。

先說警察爲什麼來三次吧。

警伯第一次來的時候大家都知道，不知道的請往前翻個兩三頁。

第二次來是因爲我不小心在廚房裡摔掉了一個鐵鍋子，震天的鏗鏘聲使得她又撥了八里派出所的電話。

第三次就不是我的錯了，因爲她精神緊繃了太久，躺在床上休息，結果睡著了，手一個不小心按到了重撥鍵，一通電話又打到八里派出所。

警伯接起電話，沒聽見說話聲，只聽見微弱的呼吸聲，派了三組員警到處巡邏，第一站就是來按我新家的門鈴。

「嗯…那位小姑娘呢？」

「不知道，她一直在房間裡沒出來。」

「你不會把人家怎樣吧？」

「會，下輩子。」

至於半夜醒來五次，是因爲她一整個晚上待在房間裡，不敢出門買東西吃，就只喝水，沒吃東西，所以尿特別多。

她每上一次廁所，就來敲一次我的門，然後對我說：「我警告你，不要踏出你的房門一步，不然，我保證你活不過今天晚上。」

就在我跟雨聲在頂樓說話的時候，她的鬧鐘叫了第六次，而第六次的叫聲跟第五次的不一樣，第五次的跟第四次的不一樣，第四次的也不同於第三次的。

後來才知道，她有六個鬧鐘，但沒有一個能叫醒她。

接近中午，她醒了，搔著頭皮慢慢從房間裡走出來，鬆垮薄質的T恤配上難看到不行的短褲，慢慢的，走向曬衣用的陽台。

她似乎忘了我的存在，因爲就在她收好了衣服，把自己的……胸罩戴在自己的頭上，右手食指拎著……貼身小褲做離心力旋轉，並且慢慢走回房間的時候，她睡眼惺忪的雙眼突然睜大，驚訝的看著我。

「呃……早啊……」

我很禮貌性的打了聲招呼，但是她似乎有點驚嚇過度，她一動也沒動，沒有任何反應，還是那副驚訝的表情。

「呃……內衣褲……顏色不錯……」

我不知道要說什麼，只好苦笑，然後……稱讚她的衣服。

然後，她快速的走進自己的房間，過了一個小時，我除了自己肚子的咕嚕聲之外，沒有聽見任何聲音。

我到了外面買了一碗陽春麵，一份切料仔，心想她一定沒東西吃，所以也幫她買了一碗陽春麵。

整齊的客廳以及她房門外兩隻交叉排列的拖鞋告訴我，她連房門都沒有踏出來過一步。

「小姐，我幫妳買了一碗麵，妳要不要出來一起吃啊？」

第一次到她房門外敲門，她沒應聲，我聞到一陣花香，是昨天剛進門時的那一股花香。

「小姐，妳別怕，我不是壞人，我叫李元哲，是妳的新室友，昨天很不好意思，但妳又不讓我解釋，所以我……」

第二次到她房門外敲門，已經是五分鐘過後的事了。

「小姐，麵已經涼了，再不吃就會結成麵團，會很難吃的。」

第三次到她房門外敲門，我已經吃完我的麵跟切料仔了。

「小姐，我……」

第四次走到她房門前，門還沒敲，她就開了門走出來了。

「麵在哪？」

「在客廳裡。」

「多少錢？」

「不用了，我請妳。」

「我不想讓變態請客。」

「喂，小姐，我說過了，我不是變態。」

她拿出五十塊硬幣丟在桌上，似乎沒聽見我說的話。

「找我錢。」

「小姐，妳一邊吃一邊聽我說，我不是變態，我只是這裡的新房客，而昨天的情況我眞的很抱歉，我不是故意的，我根本不知道有人在，更不知道那個人正在洗澡。」

「你姓王嗎？」

「王？不，我姓李，我叫李元哲，剛剛已經告訴過妳了；而妳所說的姓王的人大概是我朋友的女朋友吧。」

「王富貴？」

「對，就是王富貴，妳知道有新室友的事？」

「聽房東說過，只是沒太注意，沒想到是個變態。」

「小姐，王富貴不是變態，我也不是變態，昨天眞的非常意外，如果可以選擇，我跟新室友的認識也不想要這樣的開場。」

「別再叫我小姐了，我叫邱心瑜。」

「好，邱小姐，我現在鄭重向妳道歉。」

她沒有應聲，吃了幾口的陽春麵也包了起來，好像已經吃飽了的樣子。

「我想喝可樂。」

她看了一看冰箱，再看一看我。

我了她的意思，所以我走向冰箱，打開之後東翻西找，但我並沒有找到可樂。

「妳的冰箱沒有可樂了。」

「我想喝可樂。」
「可是，裡面沒有了啊！」
「我想喝可樂。」
「妳很番耶，就跟妳說……」
這一剎那間，我突然了解了，她是個很會看情形撈別人油水的女孩子。
「妳想喝哪一種？可口？百事？還是健怡？」
「可口可樂，謝謝。」
「不客氣，耶，對了！一直有件事忘記告訴妳。」
「什麼事？」
「妳的身材很不錯。」
我也不是什麼好撈的油水池。
只是，我忘了女人有一種很厲害的武器，叫做「巴掌」。

那樣的畫面是一種「無痛烙印」，印在腦海裡，既然是無痛的，多印幾次應該沒關係。但是，巴掌是「很痛烙印」，印在臉上，別輕易嘗試。

6

幾天的相處，我跟邱心瑜沒什麼交談，因爲她很酷、很兇、很任性、很雪……

不過，兩個人一起生活，不可能一點進展都沒有，至少我知道她是企管系大三的學生，有一個已經是社會人士的男朋友，天秤座，AB型，身高一六六，體重四十七。

爲什麼知道她的身高體重？

因爲她在自己房間的門邊貼了一張身高紙尺，在一六六公分處畫了一道紅色橫線，又在客廳的體重計上貼了一張小紙條，寫上「離理想四十五還有二〇〇〇克。」

而她至少知道我是物理系畢業的，準備重考研究所當中。

雨聲說我很幸運，因爲別人求都求不到的緣份，竟然這麼容易就掉進我的生活裡。

我聽不懂他的意思，後來他解釋了一次。

他說，邱心瑜恰歸恰，但也是個不可多得的美女，雖然在學校裡稱不上是系花，但也是一朵花了。

「跟這樣身材外表兼具的美女同居，已經是前世積德了。」夏雨聲如是說。

後來我自己想了一想。

同居的意思，就是情投意合的一對男女，把自己的杯子放在對方的杯子旁邊，把自己的牙刷擺在對方的牙刷旁邊，把自己的枕頭擺在對方的枕頭旁邊。

也把自己的愛擺在對方給自己的愛旁邊。

可想而知，這兩個字多麼的深邃而且珍貴。

當然，演進得如此快速，令人眼花、適應不及的現代社會，同居不一定指一對男女，也可能是一對男人，或一對女人。

我贊成愛情如此自由而活脫。

分居的意思，就是情分意離的一對男女，把自己放在對方旁邊的杯子摔破，牙刷丟掉買新的，枕頭連要都不要了。

愛就更別說了。

可想而知，這兩個字多麼的灰澀，又多麼心痛。

既然同居不一定意指一對男女，那麼分居亦同理可證。

我不忍心看見愛情如此易碎易絕。

分居跟同居就像是白天跟夜晚一樣，是絕對獨立的狀態，不可能同時存在或成立，對嗎？

錯！

在我跟邱心瑜的世界裡，同居和分居是可以同時存在且成立的。

上面講了那麼一大段，跟我有什麼關係？

有，而且有密切的關係，請聽我娓娓道來。

一天早上，我起床，照自己的習慣，我洗澡先。

洗完澡，我拿著自己的衣服，走向曬衣陽台，打開洗衣機蓋，把衣服丟進去，然後回到我的房間，繼續看我的書，聽我的音樂。

邱心瑜這天起得特別早，好像是要考試的樣子。

「早啊，邱心瑜，恭喜妳起床成功了，小叮噹功勞不小。」

我特地開門向她問早，她沒說話，白了我一眼；我自討沒趣，把門關起來，繼續聽我的莎拉布萊曼。

前面說過，她有六個鬧鐘，放在房間裡六個不同的地方。

第一個是皮卡丘，放在左邊床頭櫃上；第二個是加菲貓，放在右邊的床頭櫃上；第三個跟第四個是一對KITTY貓，分別放在她那大書桌的左右兩邊；第五個是小叮噹，放在衣櫥的旁櫃上；第六個是一個阿兵哥造型的小男生，叫醒人是用槍聲。

回到那天早上。

莎拉布萊曼優揚的歌聲沒蓋過她製造出來的噪音，我不知道她怎麼了，只聽見她在客廳裡喀啦喀啦的不知道在幹什麼，拖鞋聲啪達啪達的來回穿梭，然後一聲重重的關門聲之後，莎拉布萊曼才得以展現歌喉。

安靜的時間沒多久，因爲大概一個小時以後，她尖叫了。

「什麼事?!」我拿著球棒跑出房門。

「李元哲，你這個死變態！」她站在曬衣陽台，一隻手隔著玻璃指著我，另一隻手拎起一串衣服，那串衣服是由她的「布拉夾」跟我的「平口褲」組成的。

「你不知道我在洗衣服嗎？」她大聲的叫嚷著。

「我怎麼知道？我要洗衣服的時候，洗衣機是關著的啊！」

「你要放衣服也沒看嗎？」

「有啊，我很確定洗衣機裡面是空的啊！」

「騙人！騙人！你騙人！明明是我先洗的！」

「我在還沒有八點的時候就已經放下去洗了耶，小姐，現在已經九點半了耶。」

「騙人！騙人！騙人！你騙人！」

「我騙妳幹嘛？是妳沒注意吧。」

「騙人！騙人！騙人！騙人！騙人！騙人！你騙人！」

「邱心瑜，妳先不要急著歇斯底里，這不是什麼大不了的事……」

「騙人！騙人！你騙人！我不要聽！我不要聽！我不要聽！」

然後，我們就在同居的情況下分居了。

怎麼分呢？

首先發難的是洗衣機。

她規定，每天早上十點到下午六點，是她洗衣服的時間，而六點到晚上十點是我的，十點之後不准洗衣服。

不得異議！

然後，精彩的來了。

她規定，每周一、三、五是她的電視日，二、四、六是我的，星期天猜拳決定，晚上十二點以後不准看電視。

不得異議！

她規定，共有五層的冰箱上面三層是她的，下面兩層是我的，冷凍室因爲靠近上面三層，所以也是她的，不准買巧克力冰淇淋誘惑她開放冷凍室。

不得異議！

她規定，共有六層的鞋櫃，上面三層是她的，下面三層是我的，她買新高跟鞋的時候，較寬的第四層自動變成她的。

「妳夠高了，不用再買高跟鞋了。」

「閉嘴！不得異議！」

規定說完，她用WORD做了一張規定事項，分別貼在洗衣機、電視、冰箱及鞋櫃旁邊。

當天晚上，她很用心的花了一整個晚上的時間，把沙發用白色膠帶貼一半，左邊是她的，右邊是我的。然後桌子也是，地板也是，電視櫃也是，連浴室都是。

不消說，左邊一定比較大。

「李元哲，從現在，這一秒鐘開始，任誰都不准越過這白色界線，如果犯規的話，我保證你……」

「活不過今天晚上？」

「很好，算你聰明，從現在，這一秒鐘開始，你是陽關道，我是獨木橋，咱們互不相干。」

我跟邱心瑜同居了。

我跟邱心瑜分居了。

—我的平口褲跟妳的布拉夾不准再糾纏在一起，不得異議！—

7

邱心瑜期末考的前一天晚上，我們差點打了一架。

還記得那天下了一整天的雨，而且雨勢都很大。我不知道台北市怎麼樣，但是住在八里這個靠海霹靂近的地方，雨大到我們看不見對岸的淡水，海風也比平時都要來得強。

那天早上，我就已經沒有看見太陽，雨打在屋簷上，霹啪作響，偶爾幾個閃電，再加上雷聲。

我保證那比小叮噹還要大聲許多許多，但她依然睡得很晚。

因爲跟以前的教授約好吃中飯，順便見見以前的同學，我得到台北市一趟；在我要出門之前，正在門口穿雨衣時，她醒了，「碰」的一聲從房間裡竄出來，又是一副慌慌張張的樣子，嘴巴裡東唸一句，西唸一句。

我喜歡用「竄」字來形容她跑出房間的樣子。

「奇怪，前幾天買的新襪子咧？」說這句話的時候，她正在開冰箱。

「耶？我的手機咧？」前翻後找沒發現，後來用市話打給自己，手機在浴室裡唱歌。

「哇咧……沒事下這麼大雨幹嘛？叫人家怎麼去學校啊？」當她在抱怨雨勢的時候，她還穿著睡衣。

「要不要……我順道載妳去啊？我正好要出門。」我穿好雨衣，站在門口好心的問她。

她看了我一眼，說了句「不必了，我還要洗衣服」，然後就跑進房間裡，沒有再出來。

跟教授吃飯的時候，幾個大學同學也在一塊兒，包括雨聲。

當教授離開飯局，獨剩我們幾個大男生的時候，就是大家交換畢業心得的時候。

「我已經叫我爸爸請里長去區公所拜託他們趕快把我調去當兵了。」本來計畫要逃避兵役出國深造的饅頭說。

「耶?你不是要去美國嗎?」已經考上研究所的阿庭問。

「沒辦法，辦不過，關說失敗。」饅頭搖了搖他那顆像極了饅頭的頭。

「阿哲咧?上清大物研了沒?」因為近視超過一千兩百度而免去兵役的阿繼問我。

「沒上，連備取都沒有，我在準備重考。」

一直到這裡，我們的話題都還是很正常的。

直到「光之男」說話，這一切都變了樣。

「雨聲，我們才畢業不到兩個禮拜，你怎麼瘦這麼多?」光之男搓著自己不太常刮修的鬍子說著。

「有嗎?沒有吧!」雨聲有點裝傻的辯白。

「當然有，跟商學院之花住在一起，想不瘦都難喔。」光之男說。

在這裡要向各位解釋一下，光之男本名叫做彭耀男，會有光之男的外號是因為他是我們班上A光的貨源。

加拿大有一家龐大的公司，它供應全世界所有國家的鈔票用紙，因為世界上沒有第二家公司生產鈔票用紙，所以它在該領域堪稱世界第一大企業，因為它壟斷了全世界的市場。

光之男就像這家公司一樣，因為我們班上沒有大、中、小盤商，只有他。

而他會壟斷市場的原因不是因為只有他有燒錄機這種東西，而是他有最快速的新片源。

這時，他從背包裡拿出一碟片子，從數十片光碟中熟練地拿出其中一片，對雨聲說：「這是三天前韓國剛擺到網站上供人下載的，是付費下載喔，看在我們是老同學的份上，這一片送給你！當是我恭喜你追到商學院之花的賀禮吧！」光之男拍拍雨聲的肩膀說。

「嘩……好像很讚耶！這部片叫什麼名字啊？」雨聲的獸性漸漸的控制不住了。

「它寫韓文，我也看不懂，不過我看過之後，給它取了個名字，叫做『法拉利與保時捷的對決』。」

「為什麼？」

「沒為什麼，因為裡面的兩個女主角，一個開法拉利，一個開保時捷。」

不用多說，我們後來的話題，都圍繞在這一片光碟上。

光之男很體貼的替雨聲在光碟上寫了「超讚韓國A片」。

我知道這是我不對，我不應該在說故事的同時散播這種不太入流的訊息，但因為這訊息跟即將發生的事件有關，所以我不得不稍加說明。

兇案就在這時候發生了。

我回到家的時候，夜幕已然低垂。

雨勢小了很多，但八里的海風一樣很大。

「我回來了！」我邊脫鞋邊往屋子裡喊，禮貌性的。

邱心瑜的房間裡傳出音樂聲，是日劇「長假」的主題曲。

我嘴裡隨著音樂哼唱著，一面脫著襪子，一面把背包隨手往桌上一放，發現背包拉鏈沒有拉緊，滑了些東西到背包口。

大概是下雨的關係吧！屋子裡的氣溫稍低，涼風左右微拂。

當我正在享受著清涼夜風的同時，我的視線習慣性的往魚缸看去……

「我的魚缸不見了！」

這事非同小可，嘻嘻哈哈對我來說就像必修課程一樣的重要，稍有閃失就會難過到不行。

我二話不說直衝邱心瑜的房間，拚命猛敲。

「喂！妳有沒有看到我的魚缸？」我焦急的問著。

只見她不疾不徐的打開房門，伸出她的右手，兩眼直視著我說，「拿來。」

「什麼拿來？」對於她的反應，我一頭霧水。

「你現在不交出來，我不會把你的魚缸還你的！」

「要交什麼啊？」

「還裝傻？你以為你現在才回家我就不知道是你幹的嗎？」

她把我推開，逕自走到客廳。

我跟在後面，完全不知道她在說什麼。

「妳在說什麼啊？我沒幹什麼啊！」

「還不承認？這個家就我們兩個人，不是你還有……」她話說一半，突然間停了下來，然後看著我的背包，從背包口拿出一個東西，對著我說：「我就知道你是個十足的大變態！」

她手上拿了一個東西在我面前晃動，而那個東西上面寫了一行字——「超讚韓國A片」。

我後來才知道，雨聲偷偷把光碟放在我背包裡的原因，除了他不敢帶回去之外，第二個原因是他的光碟機壞了，計畫改天到我這裡看。

「那不是我的，那是……」

「你不要解釋了！你再不把我的東西還給我，我保證你活不過今天晚上！」

「我沒拿妳的東西啊！到底是什麼東西啊？」

「我的內衣褲啦！」

這震天一喊，似乎整棟公寓都在晃動。

嘻嘻哈哈被她冰在冰箱裡放了幾乎一整天，哈哈死了。

我看著牠翻過肚子浮在水面上，我心裡一陣一陣的刺痛。我跟沁婷在一起三年唯一的紀念，就只剩下嘻嘻跟哈哈，而如今……命運似乎要我跟她斷的乾淨一些。

因為哈哈是沁婷撈的。

雨聲隔天很快樂的在我的房間裡看他的「法拉利與保時捷的對決」，他全然不知道他的一個小動作，害我不斷的被認為是變態。

邱心瑜好幾天沒有跟我說話，我想她不敢，也不知道該說些什麼。

她所說的內衣褲，是指那天她曬在陽台上的內衣褲，明明那天雨下的那麼大，她還是把衣服拿出去曬。

是曬雨，曬風還是曬心酸的？

我不知道她在想什麼。

後來她的衣服在公寓後面那片長滿了雜草的空地上被自己發現，原來那天風大雨大，衣服就這樣被吹掉了。

那兩件衣物要不被發現也很難，因為萬綠叢中一點紅的道理是亙古不變的。

阿哲，對不起啦……我不是有意要怪你的啦，那天到學校考試，又是被同學撞倒，又是踩到狗屎的，倒楣了一天，回來又發現自己的貼身衣物不見了，當然會很不高興啊，我知道我很會歇斯底里，這都是我的錯，我也沒去細想金魚放在冰箱裡會死掉啊，對不起嘛……真的真的對不起嘛……

幾天後，在我的房門上，她寫的字條。

我一點都不想去讀完它……

「我討厭下雨，我討厭颱風，我討厭冰箱，我討厭超讚韓國A片。」

8

看得出來邱心瑜的男朋友很有錢，因爲他總是一身光鮮的穿著，但我說一身光鮮可不是形容他穿得像聖誕樹一樣，只是他給別人的感覺是乾淨、漾著年輕氣息的潔亮。

第一次看到他的男朋友，是在我們家裡。

這裡用「我們」，是指我跟邱心瑜。

她的男朋友很火，因爲自己的女朋友跟一個男人住在一起，就算是分房，就算是感情霹靂不好，男人天生尊高視世的綠色醋火是會冒上來的。

當他走進屋裡看見我的時候，他的眼睛透露出一種訊息——

「怎麼有個男人？難道邱心瑜給我戴了一頂綠色高帽？」

這天，天氣霹靂晴朗，萬里無雲，是個帶相機出去到處拍照的好日子。

但是我不擅長拍照，所以上面那句話是廢話。

前一天晚上我跟邱心瑜玩猜拳遊戲，結果玩輸了。

至於爲什麼會玩猜拳遊戲，是因爲她很霸道的說她有朋友要來家裡開PARTY，不歡迎有男生在，然後一副世故甚深的樣子，從她的包包裡掏出兩千塊，不是很客氣的對我說，「喂，我已經很好里好氣的在跟你溝通了，反正你明天不要在家就對了，這兩千塊算是我補償你的，夠你找飯店還有一天的花費了吧。」

「話不是這麼說，我也是付錢住在這裡的，說趕出去就趕出去，妳當我來福啊？」

「那……兩千五。」

「小姐，不是錢的問題，這是一種起毛機好不好。」

「什麼起毛機？」

「……妳住在西元三千年嗎？連起毛機都不知道？」

「那……猜拳。」

「猜拳？」

「對啊，猜拳，我輸的話，馬上閉嘴；我贏的話，你拿走這兩千五，這個家明天是我的。」

幾番征戰，我輸了剪刀石頭布的普通拳，拗她跟我比數字拳，我還是輸，又比洗刷刷拳，我又輸。

我發現我被騙了，她會叫人家跟她猜拳果然是有陰謀的。

「錢拿著，明天早上八點半以前給我消失，後天早上八點半以後才能出現。」她把錢給我，一臉得意的說著。

我並沒有破壞這個消失一天的約定，是她的朋友早到了。

早上八點多，我剛揹好背包，帶了一天的行李，穿好鞋子，邱心瑜的房裡不斷傳來槍聲，她的最後一個鬧鐘已經叫了五分鐘了。

這時電鈴響，我很自然的開門，我知道是邱心瑜的朋友要來，但我不知道來的是她的男朋友。

「你好，我是李元哲。」我有些畏畏的伸出手，期待他的握手示好。

「我叫汪學偉，是邱心瑜的男朋友。」

他沒有失禮，不過男朋友三個字講得特別用力。

「你是心瑜的……？」

「我是她室友，你不用擔心太多。」

邱心瑜一頭亂髮，剛睡醒的臉從房間裡出來，乍見我跟汪學偉站在門口，她的下巴掉到地上。

後來幾次見面，汪學偉都沒有給我多好看的臉色，頂多只是淺淺的笑一笑，雖然我跟邱心瑜當場把家裡所有的規定都向他解釋一次，包括洗衣機的使用時間，電視分時分日收看，冰箱上下層各居其位，連地上、桌上、沙發上所貼的禁止越線都說明給他聽，但他好像沒有完全放心的樣子。

「我幫你出錢，你搬走，可以嗎？」

「我幫你找房子，我朋友知道很多不錯的小格局套房。」

這是他之後見到我最常說的話。

我只是聽一聽，完全不做反應，因爲每當他對我說這些話的時候，我心裡就有一種聲音——

「爲什麼要我搬？邱心瑜是你女朋友，把她帶去跟你同居不就得了。」

後來他擅自替邱心瑜做了一個決定，他在邱心瑜學校附近租了一間套房，要邱心瑜去住那兒。

當天晚上邱心瑜一臉大便的回來，一看就知道火山即將要爆發的樣子。

「這裡有餅乾，妳要不要吃？」看她死臭著一張臉，我好心問她。

「不要跟我說話！」

「喔。」我很乖的閉嘴。

「你說你們男人在想什麼？怎麼自私到這種地步？替我租了間房間要我去住?!把我當什麼？金屋裡的嬌女？外面包養的小女人？我最討厭這種大男人主義的想法，說是爲我好，我當然知道他會這麼說啊！跟一個男生當室友又怎樣？難不成會把我吃了啊？無聊！」

「不會啦，我不會把妳吃了，妳很安全，放心。」

「誰叫你跟我講話的？我不是叫你不要跟我講話嗎？」

「喔。」

「你說！汪學偉到底在想什麼？你們男人到底在想什麼？」

「汪學偉惹妳生氣，又不是男人惹妳……」

「十分鐘以內不要跟我提到汪學偉！我不是叫你不要跟我講話嗎？」

「喔。」

——妳說！邱心瑜到底在想什麼？妳們女人到底在想什麼？——

9

當人必須向現實低頭的時候，所有任性耍帥自以爲霹靂讚的念頭、想法及動作，都比不上肚子一聲咕嚕。

是啊，我的皮夾瘦了很多，我的銀行存款剩下四位數。

我還有電費、瓦斯費、水費、還有生活費，機車也得三天兩頭就喝掉一缸汽油，中華電信每個月準時寄來電話費及ADSL的費用，不出一個月，我大概就得喝八里的海風止饑了。

翻開報紙，所有我能做的工作通通都打勾，一間一間打電話去問，一間一間寄上履歷表，一間一間去面試，我這才發現念物理畢業實在沒什麼用，國立大學的畢業證書也沒有比別人重多少。

「李先生，你能不能留下你的連絡電話，有消息我們會立刻通知你。」

每一家公司在面試之後，總會丟下這麼一段話給我。

「我只有市內電話，但我不常在家。」

「你沒有手機嗎？」

「我的手機……在淡水河裡面……現在應該在台灣海峽了……」

「啊？什麼？手機跟台灣海峽有什麼關係？」

每面試一次，我就得解釋一次，等到他們都了解手機與台灣海峽的關係之後，通常都會丟下一句話給我，「你可以留下你朋友的手機號碼，但我還是覺得，去辦一支新手機比較快，這樣要連絡你比較方便，反正現在手機便宜得要命，買手機就像買炸雞一樣容易。」

是啊是啊，手機便宜得要命，買支新手機眞的會要我命。

但是每當我回到家，打開答錄機，聽見某家公司打電話來留言，說他們一直沒有連絡到我，已經把工作讓給別人了的事情一再發生之後，我發現，就買支新手機，多吃它一個月的泡麵，也好過工作一直沒能找到，吃泡麵吃到死掉的好。

隔天，我起了個大早，看著窗外陽光普照、萬里無雲，有好天氣的陪伴之下，我有預感，今天會有好事發生。

來到台北市區，我走進一家通訊行，店裡的小姐奇蹟似的漂亮，果然是個好的開始。

她的聲音很好聽，講話的語調很溫柔，長髮細眉大眼睛，身高身材都屬於模特兒類型，向這樣的小姐買東西，就算貴了些，買起毛機的也會很高興。

接過我的新手機及發票，她很有禮貌遞上她的名片，還補上一句：「先生，如果手機有問題，歡迎你打電話找我。」

我接過她的名片，看了看她的名字，回頭正想稱讚她的名字非常秀氣時，我看見一個小男生從櫃檯旁邊走出來，對著她說，「媽媽，我剛剛在樓梯上差點跌了個狗吃屎……」

我還是找工作要緊。

陽光依然普照大地，並沒有因爲那個模特兒已經是有孩子的媽而消失，萬里依舊無雲，今天還是會有好事發生。

我照著報紙上的地址，來到一家廣告設計公司。

雖然我是念物理的，但對資訊方面還是略有涉獵，繪圖軟體也都稱得上駕輕就熟，來應徵這家公司的繪圖人員準沒錯。

這家公司規模挺大，一兩百坪的辦公室裡，好多人忙裡忙出，我坐在總機檯旁邊，長得很清秀的總機小姐叫我等一等。

「這裡還會有小男生跑出來說他差點跌個狗吃屎嗎?」我在心裡面這麼問著。

大概十分鐘後，長得很清秀的總機小姐走到我面前，對我說：「先生，麻煩你帶著你的履歷表跟我來。」

她把我帶到一間獨立的辦公室，上面的門牌寫著「創意部經理室」。

「麻煩你敲門後再進去，我們經理在裡面等你。」長得很清秀的總機小姐說完，對我笑一笑之後隨即離開。

我在門外很緊張，到這麼大的公司應徵還是頭一遭，我整理了一下衣著，鬆了鬆臉部的表情，深呼吸了幾下，在門上輕輕兩點。

「Come in, please.」

英文?!

媽呀……竟然說英文?!該不會等等面試過程都必須用英文交談吧？

我開了門進去，再把門關上，心裡思考著第一句要用Chinese還是English開頭的時候，我發現我來錯了地方，我應徵錯了工作。

不！應該說，面試的對象錯了。

這個「創意部經理」不是別人，就是邱心瑜的男朋友，汪學偉。

「噢！是你啊。」汪學偉把頭從許多文件中抬起來，他的表情也是訝異的。

「呃……嗯……」我不知做何反應，只得呼嚕幾聲。

「既然是應徵面試，我們就用應徵面試的方式來談吧。」

「喔，好。」

「你知道我們需要什麼樣的人才嗎？」

「我知道，電腦繪圖設計。」

「這方面你有涉獵嗎？」

「沒有，大學念的是理工，不過修過幾門類似的課，加上對這方面有興趣，自己也在私底下學了不少，我覺得我可以試試看。」

汪學偉聽完，笑了一笑。

「李先生，我想，廣告這行業是試不得的。」

「我相信我是可以勝任的。」

「我們在報紙上寫的很清楚，我們需要相關科系畢業的人才，是嗎？」

「是的。」

「你不是相關科系畢業，如果我給了你這份工作機會，我會對不起之前來應徵的人，不是嗎？」

汪學偉的口氣聽起來不算是刁難，但從言義上已經明顯的知道，他是不會給我這份工作的。

「嗯，好，謝謝你，我知道了。」

我站起身來，準備要離開，他叫住了我。

「等等。」

「什麼事？」

「剛剛是應徵方式的對談，現在我們以朋友身份來談談。」

朋友？我可不覺得我跟你是朋友。

「心瑜的朋友也就是我的朋友，你可以認同嗎？」

「嗯，不反對。」我能說不認同嗎？

「我是心瑜的男朋友，相信同樣站在男人的立場，你應該也不會答應自己的女朋友跟別的男孩子住在一起吧？」

「然後呢？」

「我沒有冒犯的意思，不過，我希望你可以搬離那裡，如果你找不到房子，我可以幫你。」

「這話你說過很多次了，我也說過，我已經付了房租了。」

「我可以把房租賠給你，再幫你找另一個住處，甚至幫你租都沒問題。」

「你很不相信心瑜。」

他聽到這句話，有些愕然。

「這跟相不相信心瑜無關，當然也跟你無關，我只是站在身爲心瑜男朋友的立場，我不希望她被人說閒話。」

我沒有應他，只是四處望。

「剛剛那些話沒有冒犯的意思，不過，我希望你考慮考慮。」

在總機檯等電梯的時候，長得很清秀的總機小姐還是對我笑了一笑，但這時候我沒什麼笑的心情。

大概是心不在焉的關係，走進電梯時，我不小心絆住了腳，在她面前跌了個狗吃屎。

「你還好吧？先生。」

長得很清秀的總機小姐在我從地上爬起來的時候問了一問，我連答的心情都沒有。

我走出那一棟辦公大樓，把手上的報紙往垃圾桶用力一扔，我不知道在不爽什麼的慢慢走向我的機車，我心裡面很×（×是髒話）。

陽光爲什麼沒有消失？爲何萬里依然無雲？爲什麼今天沒好事發生？還有最重要的……消失的竟然是我的機車?!

我銬！我……銬……！我……我……我銬！銬！銬！銬！銬！

—不要跟我說話，我心裡面很×（×是髒話）。—

10

「雨聲，來載我，順便借我八百塊。」

我枯坐在西雅圖咖啡廳的吸煙區裡，抽著偶爾煩悶才會買的淡煙，心中滿是無力與無奈的打電話給雨聲。

「幹嘛要八百塊？」

「我剛剛去面試，把車子停在樓下，我完全沒有注意到那裡不能停機車。」

「被吊了？」

「媽的，霹靂衰，而且衰的還不只是這個而已，你知道我剛剛去應徵，幫我面試的人是誰嗎？」

「誰？」

「汪學偉，幫我面試的，竟然是汪學偉耶！」

「哇銬……世界眞小……」

「是啊，還眞美好咧……」

我唏噓不已的，喝了一口不怎麼好喝又霹靂貴的咖啡。

「他跟你講了什麼啊？」

「老話總是那幾句，他說他可以幫我另外找一間房子，甚至可以賠我房租，反正他就是不讓我跟秋刀魚住就對了啦。」

「秋刀魚？」

「就是邱心瑜啦！」

「喔，這外號眞有創意。」

「我還以爲今天是美好的一天咧……」

「你要不要去拜拜啊？」

這時我的眼角瞥見一位長髮女孩，端了一杯咖啡坐在我的旁邊。

但是說「旁邊」也不盡然，因爲這樣的「旁邊」非常特別。

我與她之間，就隔著一片玻璃圍幕。我坐在吸煙區，而她坐在外面。

「拜你個頭啦拜，沒倒楣到要拜的地步吧！」

「當然要拜啊！你沒聽過『預拜勝於治衰』嗎？有感冒前兆就要提早用斯斯，就像你現在，有倒楣前兆就要提早拜觀音了。」

我幾乎沒有聽見雨聲在囉嗦什麼，因爲坐在我「旁邊」的這個女孩。

藤井樹有一本書叫做《貓空愛情故事》，他裡面提到的台灣大哥大女孩，被他用「天使」兩字來形容。

當初我看這本書的時候，我其實是非常懷疑這種論調的，因爲天使這個名詞即使眞的存在也太遙不可及，除了小說戲劇電影之外，眞的很難在生命中遇見一個屬於自己的天使。

但是……我「旁邊」的這個女孩，我找不到形容詞來形容她，只好借用藤井樹的話，叫她「宛若天使的西雅圖女孩」。

但是這個稱謂太長了，所以我給她一個簡稱，叫做「西雅圖天使」。

西雅圖天使放下她的咖啡之後，很認眞的寫著東西，看她這樣振筆疾書，我不禁好奇她到底在寫什麼？

一番左瞧右看，從一個小小的隙縫中，我看見了這位女孩所寫的東西。

「笨女人、笨女人、笨女人、笨女人、笨女人、笨女人、笨女人……」

就笨女人三個字，西雅圖天使寫了好長一排。

「喂！你有沒有在聽啊？」

雨聲從電話那頭大喊了一聲，我這才回過神來。

「有啦！我知道了啦！改天去拜啦，不講了，我掛電話了，Bye啦。」

「你還沒跟我講你在哪裡，我怎麼去載……」

我沒聽雨聲說完，就急忙掛了電話。

因爲我十分十分十分好奇著，她爲什麼要寫笨女人三個字？

我的視線停在她所寫的紙條上，我心裡猜想著，「她的心情一定霹靂爛！」

我靈機一動，從背包裡拿出紙筆，試圖在紙上寫些東西。

「小姐，我知道這樣很冒昧，但還是有些……」

寫到這裡，我感覺怪怪的，馬上揉掉，再重寫一張。

「小姐，抱歉，我沒有任何惡意，我只是……」

我又停筆看了看自己第二次的「傑作」，我口中唸了幾次，覺得霹靂「聳」，吐了吐舌頭，又揉掉。

「小姐，妳好像是我高中同學……」

當一個人寫一張類似搭訕的紙條，把高中同學都寫出來的時候，表示他已經無計可施了。

所以我寫到這裡，不加思索的馬上揉掉，我發覺自己腦子突然一片混亂，我覺得此時我的情緒霹靂難控制。

這時，西雅圖天使站起身來，拿了包包，往化妝室走去，徒留一支筆以及寫滿「笨女人」的紙，和一杯喝了一半的咖啡。

我看著她走向化妝室的背影，心想，是不是直接把紙條放在她的位置上會比較好？

這時我在紙上隨意寫了「心情不好沒關係，多寫一點，心情就會好一點」，然後快速衝出吸煙區，把紙條放到她的咖啡杯底下，又迅速回到自己的位置上。

突然我覺得自己可以報名「忍者訓練班」。

我緊張的坐在原處，心想她回來之後，發現那張紙條，會有什麼樣的反應？

我的手心開始出汗，我不斷的思考下一張紙條要怎麼寫？該寫些什麼？如果她的回應出乎我的意料，我又該怎麼應付？

這時我又靈機一動，馬上又撕了張紙條，在上面寫了：

「如果紙不夠的話，我這裡有。」

我看著她優雅地緩步走回自己的座位，又看著她眼睛裡稍稍透露著哀傷，突然間有點後悔我的衝動，我擔心她的心情被我弄得更糟。

過沒兩秒鐘，她發現了紙條，看完之後，她臉上的表情是奇怪的，充滿著疑惑的。

儘管我覺得有些後悔，但當下實在機不可失，我馬上把第二張紙條貼到玻璃圍幕上。

她一看，表情有些驚訝，視線慢慢與我的雙眼對焦，對著我淺淺的笑了一笑，我看得出來，她這個笑容其實只是意思意思而已。

「謝謝，我還有紙。」

她在紙上寫了這句話，照著我的方法，把紙條貼在玻璃上。

我有些不知所措，拿著筆的手不斷發抖著。

「有個問題想問妳。」這是我的第三張紙條。

「請說。」她的第二張。

「一個人喝咖啡的感覺如何？」我的第四張。

其實這個問題我想破了頭，而且自己都覺得意外，平時冷靜、篤信現實的我竟然想出這種不著邊際的問題，我在想，如果雨聲在旁邊的話，一定早就吐滿地了。

「如你所言，我心情確實是不太好，我想一個人靜一靜，謝謝你的問候。」

她答非所問的回了第三張紙條。

我大概已經猜到她的意思，我知道她是在拒絕，而且是漂亮的拒絕。

「那……等妳『靜』完了之後，我可以跟妳說說話嗎？」

「為什麼一定要？」

「因為過了今天，恐怕就沒有機會了。」

「你我雖然隔著玻璃圍幕，但我們用文字傳遞，也是另一種說話了。」

看過這最後一張紙條，我知道自己被徹底拒絕了，我對她點了點頭，笑了一笑，內心在翻騰著，突然間，我感覺到許久不見的失落。

她拿出手機，開始不停的按著。

我有意無意的翻看著報紙，望著四周，我想換個位置坐，但我又捨不得離開她的「旁邊。」

沒多久後，她收拾了自己的東西，站起身來，並在玻璃圍幕上輕輕敲了兩聲，以手勢向我說再見；而我也揮了揮手，向她說再見。

我看著她慢步離去，我的感覺開始像陳年老厝的牆上漆一樣，一層一層的被侵蝕剝落。

她的身影，在出了咖啡廳之後右轉，我不斷的遲疑，遲疑，在一瞬間做了數百個決定，也同時決定了數百個放棄。

「追出去！」「不，算了吧！」「追出去！」「不，算了吧！」「追出去！」「不，算了吧！」「追出去！」「不，算了吧！」

當我的最後一個決定不是放棄的時候，我追了出去，我給了自己一個理由去衝動、去相信、去希望這第一次的相遇，不會是最後一次的相遇。

「我想聽一聽妳的聲音，雖然文字的傳遞是另一種交談，但妳的聲音無法取代，無法假設、想像與模擬。」

我慢了一步，她所搭的計程車，消失在忠孝東路的車潮裡。

「雨聲……來……」

「媽的，李元哲，叫我去載你又不告訴我你在哪裡，還掛我電話，你以爲我會算嗎？我會聽聲辨位嗎？」雨聲沒聽我說完，他劈頭就是一頓削。

「來載我……」

「你在哪裡啦？」

「忠孝東路上，華視附近的西雅圖咖啡廳……」

我又掛了他的電話。

因爲我沒心情聽他囉嗦。

台北漸漸變成橙色，忠孝東路柏油路上一片橙紅。

藤井樹的天使之說，說得果然沒錯。

或許，天使都是這樣出現在你眼前的，你無法有任何的心理準備，但她的任何一舉一動，都可以在你心中畫出一道永遠。

我以爲這是天使之說的完結篇，但是我沒想到，才剛辦好的新手機，在除了雨聲之外沒有任何人知道號碼的情況下，傳出收到訊息的聲音。

> 天使都是這樣出現在你眼前的，你無法有任何的心理準備，
> 但她的任何一舉一動，都可以在你心中畫出一道永遠。

11

後來，雨聲托朋友替我注意工作機會，順便也替他注意工作機會。

我問雨聲，生活過得好好的，跟富貴住在一起也沒產生什麼大問題，幹嘛連他這個公子哥兒都要找工作？

「因爲富貴那天在路上看見一輛深灰銀色的CRV。」

他的眼睛閃爍著光芒，像一個剛出獄的人，望著天空，感覺到這個世界多麼的美好，空

氣多麼的新鮮一樣。

「看見CRV？車子喔？看見了又怎樣？」

「她拚命的尖叫！」

「為什麼尖叫？她的腳被壓到？」

「不是啦，是她很喜歡啦！」

「……所以……你要打工……買車？」

「是的。」

「雨聲，你想太多了，你打工一個月能賺多少錢？光貸款，光養車你就……」

「你不用說服我了，我心意已決！」

他說這是他這輩子第一次為了一件事情有這樣的執著與堅持，第一次這麼努力要完成它，連自己都不敢相信。

「壯志未酬身先死，常使英雄淚滿襟。」

這句話是他當時，望著遙遠的天邊，一陣陣頂樓的海風吹來，他閃爍著眼睛，非常認眞的說出口的。

當時我不太懂他買車跟「壯志未酬身先死」有什麼關係，過了一會兒我才知道是他用錯詩詞成語了，但是我看他那麼陶醉，也就不好意思吐槽。

「他可能是要說『壯丁打工打到死，能買HONDA CRV』吧，應該是這樣……」我在心裡暗自替他解釋著。

後來，眞的被他朋友找到了一個Part time的工作，當天他一大早就打電話來給我。

「阿哲！阿哲！找到工作了！快！起床！我們工作去！」

「什麼工作?!」我興奮的從床上跳起來。

「霹靂讚的工作，一天一千一，還有午餐，還有辣妹可以看，工作快樂簡單又有趣。」

「Really?!我……我馬上到！」

我立刻從床上翻起來，梳洗、整理儀容、更衣，還打上領帶、穿上皮鞋，騎著機車，飛快的趕去雨聲家。

在路上，我不禁在想，「霹靂讚的工作，一天一千一，還有午餐，還有辣妹可以看，工作快樂……簡單……又有趣？這是什麼工作？」

「我銬！很讚的工作啊！時薪很高啊！工作輕鬆簡單又有趣啊！可以看辣妹啊！你倒是告訴我啊！哪裡有趣啦？哪裡輕鬆啦？哪裡有辣妹看啦？」

我追打著雨聲，在台北市立木柵動物園。

在園區裡的員工休息區，我拚命追著他打著。

「喂……我沒說錯啊！是很簡單啊！時薪很高啊！這裡辣妹也很多啊！」

「還敢狡辯？這算什麼工作啊！還要讓小朋友東戳戳西摸摸的，偶爾來個幾個大人要求

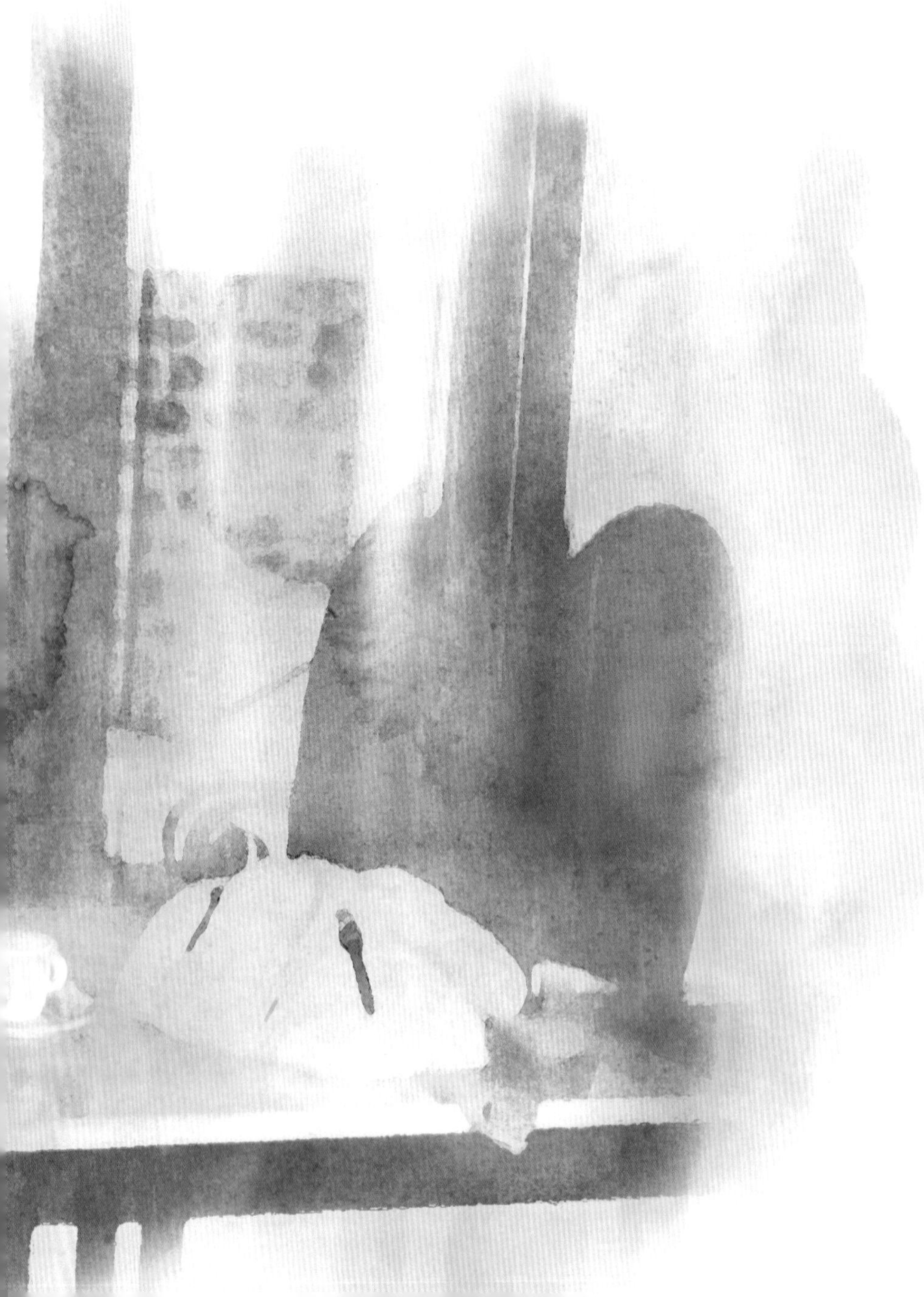

拍照，重點是……還要裝可愛?!」

我繼續追著雨聲打，一股氣不自主的由衷而生。

對了，我忘了說，這時候，我身上原本打著領帶、穿著皮鞋的穿著，已經被一身企鵝裝給取代了。

而雨聲穿著的是一身的虎皮。

「小朋友，快來看啊！企鵝在打老虎！」

一個幼稚園老師，帶著一群托兒所的小朋友，不知道什麼時候圍在我們旁邊。

我們旁邊不只有他們，還有一大群遊客。

「還是第一次看到這種畫面耶！居然會有企鵝騎在老虎身上的？」

「對啊！居然是企鵝海扁老虎？」

我跟雨聲以爲員工休息區應該是沒有人會看到的，但我們沒想到……

我們不得不停下動作，企鵝臉看著老虎臉，突然兩人都不知道怎麼辦好。

「喂喂喂！不要停啊！你們繼續打，我們要拍照啊！」某位遊客如是說。

「好蠢……」雨聲說著，走在我旁邊，我們打算去躲起來。

「我的媽啊，拍就拍嘛，還送我們幹嘛……」

我們手上，各有一張「企鵝疊在老虎身上」的照片。

「這下子一世英名全毀了……」

「我討厭拍立得……」

「我也是……」

其實，我跟雨聲都沒想到是這樣的工作，所以我們非常的訝異，這對我們的打擊很大。

當然，不是工作不好，是壓根沒想到工作是長這樣的。

我們以爲到動物園，應該是收收票，發發傳單，再嘛就是掃地這些平常的工作。

這種感覺就像父親大人打電話來說他買了一台法拉利給你，你非常高興的衝回家一看，結果是法拉利模型一樣。

吃過員工午餐，我們非常認命的再度披上企鵝皮跟虎皮，繼續跟大太陽及小朋友們搏鬥。

誰教我窮到不行?誰教夏雨聲要買CRV?

下午的工作內容，我們多了一項任務，就是把兩大包的氣球發完。

一隻企鵝外加一隻老虎，已經是園裡小朋友們的焦點，再加上沒有手的企鵝會拿氣球，這就更精彩了。

一大群小朋友都忘了去看眞正的企鵝跟老虎，也都忘了那幾隻名字取得霹靂聳的無尾熊，他們只知道要跟我們玩，要戳企鵝，要惹老虎生氣，把拿走的氣球刺破再來拿新的。

那天，我們至少拍了五百張照片，家長們很熱心的送給我們十多張拍立得。

我們累得要死，但是爲了一千一百元的日薪，我們不得不拚命。

後來，發生了一件讓我覺得霹靂痛苦的事。

至今，我還是很難忘。

「阿哲，阿哲，你看，那邊。」雨聲用老虎爪子耙了我幾下。

「哪裡？看什麼？」

「那裡啊，那兩個人啊。」雨聲的爪子指向我的左前方。

我一看，不知爲何地全身發麻，轉頭拔腿就跑，拚命跑，使盡我剩下的所有力氣，但是後來我才發現我錯了。

第一，因爲我穿著企鵝裝，他們看不見我。

第二，我越跑，那些小朋友就越興奮，因爲他們沒追過企鵝，這輩子也沒看過企鵝跑這麼快。

跑著跑著，一陣慌張，我的企鵝頭掉了。

一群小朋友的騷動，讓許多人都往我這邊看。當然，也包括了他們兩個。

他們不是別人，是邱心瑜跟汪學偉。

—我也不知道企鵝可以跑這麼快……—

12

其實被秋刀魚跟汪學偉看到我在扮企鵝也沒什麼關係，反正我不偷不搶，光明正大的努力工作，爲了自己的生活費、研究所的補習費、房租、拉拉雜雜的水電瓦斯電話費等……這工作可以爲我解決一大半的經濟問題，腳踏實地的一切重新來過，這是件好事啊，被他們看到又不會怎麼樣，難道我會生氣嗎？難道我會覺得丟臉嗎？

「阿哲，別生氣了啦……這又不丟臉……」

「哇銬！要我不生氣？要我不覺得丟臉？這太難了吧！」

雨聲在一旁吃著「阿姑的冰」，那副一點事都沒發生的模樣，看得我眞想噴火。

「這有什麼難的？汪學偉也沒說什麼，秋刀魚也沒笑你啊，人家汪學偉還請我們吃冰耶，這麼大熱天的，有碗芒果冰眞是讚啊！」

「一碗芒果冰就可以收買你的尊嚴，我可不行！拜託，一個是幾乎天天跟我作對的室友，一個是曾經要幫我找工作、找房子卻被我拒人於千里之外的有爲青年，結果被他們看到我在這裡扮企鵝，你要我怎麼不丟臉？要我怎麼不生氣？」

「那你生氣有用嗎？難不成你要汪學偉來扮企鵝？要秋刀魚來發氣球？」

「這……唉呀！反正你不懂我現在的心情啦！」

雨聲沒有再說話，他快樂的吃著自己的芒果冰。

我的心情Down到了谷底，短時間之內大概很難爬起來，因爲我的自尊心嚴重的受到打擊。

我們脫掉了企鵝裝、老虎裝，一天的工作算是完成了。

手上一張一千元及一張一百元的鈔票，解決的是這幾天的吃飯問題，卻沒辦法解決我現在心中的鬱悶。

從動物園騎著機車回到八里，我突然覺得這一段路好遙遠，我突然覺得這人世間的一切爲什麼都這麼的遙遠？就連最基本的快樂，都好像離我有天地之遙。

平時我最喜歡看的淡水日落，現在卻一點都不覺得它很美。

以時速大概只有十的速度騎在關渡大橋上，淡水日落好像變成不再讓人心輕悸動的白色，平時那橙紅色的妝像是被卸掉了一樣。

平時我最喜歡看的淡水捷運線，車廂的白燈在傍晚的海岸線上，畫出一道亙長的光綾，在捷運列車的交會中，你似乎可以看見光與光之間的律動，在分開的那一剎那，兩條光綾似乎會牽著彼此的手。

但是現在，捷運就只是捷運，什麼光綾，什麼光的律動都不見了。

大概是我太多愁善感吧。

我總覺得我的遭遇一直都讓人匪夷所思，不只是別人看了覺得匪夷所思，就連我自己都覺得匪夷所思。

女朋友莫名其妙的跟我分手，原因是因爲那隻趁人之危的麥克基，原本相當有信心的研究所考試居然落榜?!想搬到另一個地方換換環境，大概可以換換運氣，結果遇到一隻會咬人的秋刀魚，找工作找到別人的男朋友公司裡去……

這些都不要說了，就連手機掉到淡水河裡這種你想要它發生都不太可能發生的事情都會在我身上出現。

我招誰惹誰？

一連串的事情下來，加上今天的自尊心打擊，我實在是不知道該說什麼了。

快樂是自找的沒錯，但倒楣會自己來找你。

不過，後來總算有一件好事。

就是西雅圖天使。

從那一天之後，我一直不能忘記她的樣子，那隔著玻璃說話的畫面，我想連小說、連電影劇情都不一定能想的到。

印象深刻的相遇是緣份繼續的主要原因。

所以隔天，我回西雅圖去找她。

我知道這很笨，天知道她什麼時候會來?又知道她什麼時候離開?

說不定她只是來台北度假，說不定她是留學生，回台灣只是短暫的停留，說不定她已經忘了這家西雅圖咖啡廳。

也說不定她已經忘記我了。

但是，我剛剛有提到過，印象深刻的相遇是緣份繼續的主要原因，所以在我等了兩個多小時之後，她的身影，打開了玻璃門，走進了我與她的緣份裡。

她跟我一樣，忘不了那一天的相遇嗎？我不知道，這種問題任誰都不會想去問，因爲那是一種快樂，一種不知道答案的快樂。

我們依然坐在老位置，我們依然用紙條說話，直到她離開，我道別，我們還是沒有留下任何可能延續緣份的連絡方式，這種感覺，好像是我跟她都相信著緣份會繼續，只要西雅圖還在，我們就會再相遇。

我還是沒有聽到她的聲音，我只記得她美麗的臉龐與身形。

她也不曾要求要聽我的聲音，彷彿一切都可以無聲的進行。

所以，唯一的好事，我怎能輕言放棄。

當下決定，回到八里洗完澡，我要到西雅圖去。我有強烈的預感，她今天一定會出現在那裡。

回到八里，手機在後面褲袋裡發出嗶嗶聲，那是收到訊息的聲音。

我沒有去理會它，因爲我一進門，就看見一個討厭的人，拿著一個討厭的東西，一臉討厭的笑容，對我說一句討厭的話：

「阿哲，你看！可不可愛啊？」秋刀魚抱著一隻半身大的企鵝，在我面前晃來晃去。

「秋刀魚，這一點都不好笑。」

「唉唷！笑一個嘛，我見到你難得開心耶！」

「喔……是喔……那還眞是謝娘娘恩典啊……」

我沒理她，我知道她是故意的……

廢話！她當然是故意的，不然還是巧合喔?!

對不起，我差點歇斯底里的叫了出來，不過，我一身疲累，我只想好好的洗完澡睡覺去。

這時我想起了手機裡面有訊息，把它打開來一看，又是那個傳錯訊息的傢伙。

之前，剛買手機那一天，我的新手機號碼都還沒有人知道之前，我接過一通怪簡訊，它的內容是：「我知道你會走，所以我不會留，但請你記得，你牽著我的手的時候。」

這不是藤井樹的《貓空愛情故事》裡，台灣大哥大女孩傳錯給吳子雲的簡訊內容嗎？

這傢伙大概網路小說看太多了，幻想太嚴重，腦袋有點問題了。

但那不是他傳來唯一的一通簡訊，因爲之後幾天，他又陸續傳來了兩三通。

內容都是那種讓人看了會很難過的。

「你在哪裡？讓我見你最後一面好嗎？」

這是他的第二封簡訊，在半夜三點半傳來的。

我覺得莫名其妙，還好心起床回傳給他說：「不好意思，你可能傳錯對象了。」

「你不要再騙我了，我知道你是故意的。」

這是他第三封簡訊，在隔天的半夜兩點。

我依然覺得莫名其妙，又回傳了一次：「不好意思，你可能傳錯對象了，請你查明號碼之後再傳好嗎？」

今天這一封簡訊，是他的第四封，內容是：「可不可以教教我，如何能說不再見就不再見？」

今天的遭遇，加上剛剛被秋刀魚的企鵝給恥笑，我實在是受不了了，我拿起電話，不加思索就撥了出去。

今天，我一定要跟這一個簡訊怪客做一個了結！

我甚至擬好了草稿，等會兒如果他接了電話，我一定劈頭就罵：「拜託！請你不要再玩這種無聊的簡訊遊戲了好嗎？都已經跟你說過我不是你要找的人了，你還要傳？簡訊傳得越多，中獎機會越大嗎？」

只是我沒想到，這個簡訊怪客是個女的，而且她的聲音……還挺不錯聽的。

「呃……小姐，我不是妳要找的人，請妳不要再傳簡訊來了，謝謝。」

雖然跟原本擬的草稿內容不一樣，但是……意思到了就好。

洗完澡，我換上了比較正式的白色襯衫，邱心瑜見著，直衝著我問：「要去約會啊？」

「要妳管。」

「喔，應該這麼問，要去游泳啊？」

「游泳？」

「你不是企鵝嗎……」

她拿起企鵝，一臉讓人想扁她的笑容。

我不想理她，我要去西雅圖。

——真是一世英明，毀於企鵝啊。——

13

當我在人行道上停機車的時候，我已經看見她，著一身淡藍色系的打扮，坐在我們當初相識的位置上。

這或許是一種習慣，也或許是一種默契。

或許她早就習慣來這一家咖啡廳，或許她早就習慣在傍晚過後喝杯咖啡，或許她早就習慣那個位置，而我是個忽然闖進她生活習慣裡的人。

我必須老實說，我不希望這是她的習慣，因爲當我看見她坐在老位置上，我只有一個感覺，就是爽。

因爲我期待著這是我跟她之間的默契，沒有人可以涉入接近。

人跟人之間的默契，是在無言當中培養出來的，不需要事前的溝通與解釋，才是眞正的默契。

我跟我親愛的好朋友兼同學夏雨聲，花了兩個學期的時間，研究如何在必修主科「量子物理」及「電磁學」當中拿高分，只因爲教授當人不眨眼。

「當電子波長與傳播媒界的尺度相近時，量子效應就會產生，因此，物理理論者經過推想，同樣的效能應該也會發生在傳播熱能的聲子上。

這是物理學家第一次在實驗上證實熱傳導量子化的存在。

在電傳導的量子效應下，電子的conduction只能是 2*e^2/h 的整數倍，此處 e 爲電子帶電量，h 爲 Planck 常數。而在熱傳導中，單位熱傳導將是 T * pi^2 * K^2 / 3h，其中 T 爲溫度，pi 爲圓周率，K 爲Boltzmann 常數……」

這是我的量子物理學筆記。

註 文中量子物理學資料翻譯於 AIP，Physics News Update，# No.481，04/27/2000

通常，在期考期末考的期間，我會帶著我的筆記，去跟雨聲換他的電磁學筆記。

但我們的筆記不只是筆記，你可以稱它是考前猜題，也可以稱它是賭注。

因爲我們考前只念筆記裡的東西，猜對猜錯攸關四個學分的生命。

念物理系的同學都知道，期考考的不只是課本，你還要交報告，有些科目你還得窩在實驗室裡好一陣子，吃喝拉撒幾乎都在裡面搞定……

對不起，我離題了，我們回到默契。

講到物理，我就莫名其妙的興奮。

所以，我跟雨聲的默契，是用兩個學期的時間、四次期考、四份報告、以及攸關生命的四個學分所培養起來的。

但是我跟西雅圖女孩，卻沒有任何時間讓我們培養默契，從見到她到今天，才過了四天的時間，四天之內，我們見面了三次，沒有任何言語上的交談，讓我們與對方說話的，只有筆跟紙。

突然間，我覺得這一次相遇是一種考驗。

考驗著她的是什麼，我不知道，或許她不覺得有任何考驗的成份存在，但對我來說，這是個耐心與好奇心的考驗。

你越想去突破它，你就越覺得怯步，你幾乎要認命到這一輩子只要這樣跟她說話就好，甚至連她的聲音，都是緣份之外的一種奢求，抑或是多餘。

但是，我們有默契的停在原地不再前進，命運卻推著我們向前。

「我可以坐這裡嗎？小姐。」

我點過咖啡，寫好了紙條，遞到她面前。

她有點訝異的看著我，隨即笑了一笑。

我無奈的指著原本吸煙區裡我們習慣且有默契的位置，那裡已經有一位正在專心看雜誌的先生。

「可以，請坐。」

她拿出筆，在紙上寫著。

「對不起，我來晚了。」

「為什麼這麼說？我們根本沒有約時間。」

「原諒我往自己的臉上貼金，我以為妳是在這裡等我的。」

這句話讓她一看再看，似乎看懂了什麼，又似乎不懂什麼。

「或許吧，我不知道為什麼我習慣了坐在這個位置上。」

當她把這句話遞過來之後，我忘了我跟她之間的說話必須是字的傳遞。

一句「真的嗎？」脫口而出之後，一切都不一樣了。

「小聲點，你會嚇到其他的客人的。」

她動著她的唇，用她的聲帶振動，舌齒之間的黏貼捲放，一字一字的從嘴巴裡講出來。

突然一切都好不習慣，我突然覺得聲音的存在是多餘的，我突然希望這世界永遠安靜下來，不要再有聲音，耳朵從此失去功能。

「喔，不好意思。」

她笑了一笑，喝了一口咖啡。

「你的聲音，跟想像中的不一樣。」

「是嗎？」

「我本來以爲你的聲音應該像個帶著稚氣的大男孩，但我沒想到竟然有成熟的男人味。」

「喔，謝謝誇獎。妳的聲音也跟想像中的不一樣。」

「哪裡不一樣？」

「有聲與無聲之間的不一樣，我幾乎要相信我們之間不會有聲音存在。」

她怔了一怔，大眼睛骨碌碌的看著我，像是我說中了什麼話，猜中了她什麼心事一樣。

「往好的方面想，至少下一次見面，我們不需要再帶紙筆了。」

「是啊，即使聲音對我們來說還不習慣，我們還是得習慣它。」

「你也可以選擇不去習慣，下次回到自己的座位就好了。」

「不！不！好不容易進步到這裡，怎麼可以再回去？」

「進步？你的形容詞用的很可愛。」

「說不定，這一次進步代表著……」

「代表著什麼？」

「代表著下一次會有更大的進步。」

大概頓了兩秒鐘，她抿著嘴巴笑了出來。

「我沒想到你這麼會說話。」

「相信我，我也沒想到我這麼會說話。」

「這是好現象嗎？」她眼睛裡透露出一點憂慮。

「對我來說，這是好現象，但妳似乎不認為。」

「怎麼說？」

「因為我們都不知道這現象會有什麼結果，我認為它是好現象，是因為我樂觀，但妳的眼神告訴我，妳還不能接受這個現象，因為四天前妳的壞心情，似乎還延續著，我猜對了嗎？」

她淺笑了一聲，歪著頭問我。

「你念心理的嗎？」

「物理，我只是猜測而已。」

「那你不但很會說話，還很會猜。」

「那表示我猜對了？」

她笑而不答，歪著頭的她讓長髮披在她的左肩上。

「嗯……有一個方法可以稍解心情，想不想試試？」

「說說看。」

我拿出剛才的紙筆，在紙上寫了：「讓我陪妳看電影。」

她又笑而不答，只是收拾著她的東西，指了指門口的方向。

——突然一切都好不習慣，我突然覺得聲音的存在是多餘的。——

14

我不知道我又惹到邱心瑜哪一點？

難道出於一片好意給個良心的建議也有錯？

有一天，邱心瑜心情好像不錯，她穿了一件粉紅色的上衣，配了一件白色的A字短裙；

這件裙子的長短讓我不自覺的呑了呑口水。

她腳步輕盈的走出房門。

「今天不用扮企鵝啊？」

她用調侃的語氣問著，眼神有點讓人覺得討厭。

「企鵝熱了好幾天了，總得休息一下吧。妳看過長期曝曬在陽光下的企鵝嗎？」

「喔。是沒看過，不過，我看過頭會掉下來的企鵝喔。」

「……」

她看了看我不知如何應答的表情，很欠扁的笑了幾聲，然後蹲在鞋櫃旁邊，一雙一雙的打量著。

我看著她把A鞋拿出來晃了一晃，擺回去，又把B鞋拿出來晃一晃，又擺回去，最後拿出C鞋跟D鞋，一臉猶豫不決。

「妳……要去約會啊？」

「……是啊，我要跟學偉出去。」

「選雙鞋……有這麼難嗎？」

「難道你不知道，女人的鞋櫃跟衣櫃一樣，永遠少一件嗎？」

「那雙球鞋好。」

「什麼？」

「我說，妳換雙比較深色的襪子，穿那雙球鞋會很好看。」

「眞的嗎？我也很喜歡這雙球鞋耶。」

「沒唬妳，如果妳在那件粉紅色襯衫裡再穿一件白色的無肩T恤，然後把襯衫的鈕扣打開，衣角綁在腰間上，一定會很讚。」

她一臉受驚嚇的樣子。

「你……你怎麼……」

「我只是給妳建議，妳不一定要聽我的。」

「這樣……眞的很好看嗎？我也喜歡這麼輕鬆的樣子，可是學偉他喜歡我穿……」

「有品味一點？」

她點頭如搗蒜的應和著。

「一天到晚有品味也是會累的，換一種新樣子，輕鬆一下不是挺好？」

聽完，她衝進房間裡，完全照我說的換裝出來。

說眞的，當她一站到我面前，我感到一陣暈眩。

我知道邱心瑜其實長得挺不賴，但我不知道她可以這麼美。

她在我面前轉了半圈，表情帶著懷疑跟苦笑的看著我。

「你確定……？」

「拜託，我是男人，汪學偉也是男人，雖然眼光不同，但是喜好會是一樣的。」

「喜好……？」

「我說的喜好是……美麗可愛的女人有著美麗可愛的裝扮，誰都喜歡看，不是？」

她聽完之後，很高興的甩著包包出門去。

接著當天晚上，我就後悔給了她建議。

跟西雅圖女孩去看電影的那天晚上，其實，我們沒有說多少話。

一方面是因爲她的話不多，她不像秋刀魚。

一方面是我們都還在習慣用嘴巴溝通，我們都還思念著紙筆的交流。

時間過久了，我跟她看了那一部電影也忘了，倒是電影票價多少我記得很清楚，不過這也不是重點了。

只是那天晚上，我們走在黃金步道上，感覺有點像《貓空愛情故事》裡寫的一樣。

她用雙手提著包包倚在自己的腿上，一步步的前進使得包包一起一伏，上面掛著的小鈴噹發出細細的聲響。還不到深夜的台北，沒有風吹，卻有一陣陣的涼意。

「妳該不會想問我，路燈上有沒有天使吧？」

「什……什麼？」

「沒、沒什麼，當我沒說。」

「呵呵，你藤井樹的小說看太多了。」

「喔？妳也看過？」

「嗯，《貓空愛情故事》確實讓人印象深刻。」

「是啊，所以，我一直以爲……妳是天使……」

「啊？你說什麼？我沒有聽清楚。」

「沒啦，我是說，我一直不知道妳的名字，所以我替妳取了個名字。」

「叫什麼？」

「西雅圖天使。」

約莫過了兩秒鐘，她掩面而笑，瞇起來的眼睛，細長的髮絲，在我眼前像是 slow motion 一樣的畫過。

「你可以去寫小說了。你還眞有想像力。」

「不，我沒有藤井樹那麼會唬爛，我只會胡思亂想而已。」

「你也還沒告訴我你的名字啊。」

「喔，我叫李元哲，木子李，元氣的元，哲學的哲。」

「李元哲？這名字有特殊涵意嗎？」

「沒有，By the way，我跟李遠哲沒關係，他不是我爸爸。」

我試圖讓氣氛輕鬆一點，因爲我知道，中國人一向比較奇怪，在自我介紹的時候，周圍都會蒙上一層冷意。

雖然我說的李遠哲笑話也很冷，不過以毒攻毒似乎是這時候唯一的辦法。

但是，接下來發生的事情，卻完全出乎我意料之外。

就在她開口即將要說出她的名字時，她的視線停在某個地方。我隨著她的視線看去，那是一輛黑色的賓士敞篷車，正在離我們不遠處停紅燈。

「妳對車子有興趣啊？」

我笑著問她，但她沒有回答我，只是一步、一步的往那輛車子的方向走去。

這時候，紅燈轉成了綠燈，黑色賓士打了方向燈右轉。

她扔掉了包包，拚命的跑，拚命的跑，不，我應該說，拚命的追，拚命的追。

我一頭霧水，完全不知所以的跟在她後面。

我不知道那輛賓士有多少馬力，但我很清楚我們連一馬力都沒有，根本不可能追得上。

她一面跑，一面朝著黑色賓士大喊。

我只是跟在她後面跑，耳邊的風聲呼呼，我沒有聽清楚她在喊什麼。

只是一段路之後，她再也跑不動了，喘了，累了，癱跪在路邊的人行道上。

但是她的眼淚卻好像不知何爲累的……不斷的流，不斷的流。

「李元哲！」

門外震天般的女聲，把我拉回現實的世界。

原來，我回想那天的情景，竟然想得出神了。

「喂，門都還沒開，妳就在鬼叫鬼叫，是怎樣啊？」

「鬼叫？我還沒說你給的那是什麼鬼建議呢！」

「什麼啊？」

「沒事說什麼粉紅色襯衫裡再穿一件白色的無肩T恤，再把襯衫的衣角綁在腰間上，一定會很讚，讚你個大頭啦！害我被學偉說一點氣質都沒有。」

「這是眞心話啊。」

「這是你的眞心話？那我以後都不會再相信你的眞心話了。」

「我沒騙妳啊，妳穿那樣，眞的讓我有驚豔的感覺。」

「……」

「我知道女為悅己者容，但如果為了悅己者失去自己的風格，不是很可惜嗎？」

說完，我回到我的房間，關上房門。

不過，這倒是邱心瑜第一次這麼安靜聽我說話。

當我還在為她的安靜感到狐疑的時候，我的手機，又傳來收到訊息的聲音。

—在認識妳的名字之前，我先認識了妳的眼淚。—

15

隔天，邱心瑜奇蹟似的起了個大早，我竟然比她還要晚醒來。

當我還在睡眠情緒裡，看見她在客廳的時候，我嚇了一跳，幾乎說不出話來。

「你幹嘛？看到鬼啊……」她啃著吐司，喝著調味乳。

「時鐘……沒壞吧，它指的是……九點吧？」我指著客廳的大鐘說著。

「……」

「外面那顆霹靂亮的……是太陽吧？」

「喂！我只是早起而已，不需要這麼驚訝吧！」

「幾號鬧鐘叫醒妳的？我也要去買一個！小叮噹？還是機槍戰士？」

「喂喂喂……虧也有個限度好嗎？」

「我沒在虧妳，我眞的很驚訝。」

「你給我閉嘴，我只是要開始上班了，不得不早起。」

「上班?!」我像被雷打到一樣，退後了好幾步。

「妳會做事喔？」

「……我在咖啡廳打工……」她似乎忍著脾氣跟我說話。

「咖啡廳?!……Oh my god……」

「喂……李元哲……你是活的不耐煩了是不是?!」

「我真的很驚訝啊，妳居然可以在咖啡廳打工泡咖啡?!妳連泡麵都泡不熟耶，我在想妳泡的咖啡是不是喝得到咖啡豆……」

我話還沒說完，眼前倏地一個黑影，臉龐感覺被某樣東西畫過，隨即一陣碰啪聲。

回頭一看，竟然是果醬抹刀。

「我銬……那會射死人耶……」

「我本來就沒打算留活口。」

她說完，一臉酷樣的戴上太陽眼鏡，甩了門就出去了。

我沒看過她戴太陽眼鏡，有點不能適應，她打工的咖啡廳是露天的嗎?戴太陽眼鏡看得見咖啡豆嗎?

休息了一天，我又回到動物園，當然，雨聲也是。

才一天沒有碰到企鵝裝，我竟然有點懷念。

夏天的大太陽還是一樣不饒人的放射著強光熱量，懷念企鵝裝的心情也隨著滿身汗而消失，突然間我又覺得世界的一切都不美好，我只能從小小的兩孔企鵝眼去看這一片大大的世界，無聊的感覺油然而生。

雨聲倒是挺習慣的，我不知道他穿著一身虎皮還能這麼樂，不知道他在爽什麼。

後來發現他帶了一支用電池發電的小電扇，很巧妙的擺在他的後腦勺，爲他帶來陣陣涼意。

媽的。

昨晚收到的訊息，又是一排讓人難過的字句。

我不知道這位小姐是誰，不過，她似乎被她的前男友傷得很深很深。

「我可以問你嗎？要怎麼樣去忘掉一個你深愛的人。」

一個小朋友，大概還不到兩歲吧，他的媽媽很高興的要幫他跟我們拍照，把這孩子擺到我跟雨聲之間，由雨聲抱著。

不知道是雨聲的虎牙太恐怖，還是會說話的企鵝太嚇人，快門都還沒按下，他已經開始嚎啕大哭。

「沒關係，沒關係，讓他哭，他哭比笑好看。」

這句話是這位媽媽說的，我們覺得不可思議。

當快門按下的同時，這個小朋友吐了。整隻老虎手都是白色的嘔吐物，雨聲嚇得差點把小朋友給丟在地上。

「沒關係，沒關係，我幫他擦就好，不好意思，吐了你一身。」

「沒關係，沒關係。」雨聲連忙說著。

小朋友被媽媽抱走，這位媽媽臨走還語出驚人。

「你眞勇敢，敢吐在老虎身上。」

我跟雨聲面面相覷，不知道該說什麼，也不知道該作何感想。

不過，我們慶幸的是，幸好這位不可思議的媽媽在她的孩子吐的當下沒有說：「沒關係，沒關係，讓他吐，他吐比哭好看。」

我不知道該怎麼回應這個訊息，因爲我也同樣忘不了沁婷。

感情的世界，在我的感覺裡像迷宮。

你愛上誰，你跟著誰，似乎冥冥之中自有定數。

兩個人同樣身陷在一個迷宮當中，手牽著手，往同一個方向，同一個目標邁進，沒有走出迷宮沒關係，只求一起身在迷宮裡陪著對方，即使焦急，是心滿意足。

但，當他放開你的手，逕自走去，迷宮中只剩下你孤單一個人，突然間你會方寸大亂，因爲一同走過的路，都蒙上了厚厚的，重重的濛霧。你無法回首來時路，眼前該往哪裡去你也看不清楚。

「讓時間，讓另一個愛妳的人幫妳忘記。」

我只能這樣回應她。

雨聲回到休息室，脫下虎皮清洗那些嘔吐物，他邊洗邊覺得噁心。

「哇銬……我再也不敢抱小孩子了。」

「不敢抱？你家富貴生的你抱不抱？」

「不抱，她抱。」

「我就知道，你這個沒有父愛的王八蛋。」

「我負責攢錢就好。對了，講到富貴，我得打電話叫她起床，電話借我。」

「幹嘛叫她起床？」我把手機遞給他。

「她找到一個工作，在YAMAHA。」

「YAMAHA？她會修車喔？」

「修理我她會啦，還修車咧……YAMAHA是指樂器行。」

後來，她又傳來一句：「時間只能證明愛的深淺。」

我無言，有點想掉眼淚。

我撥了這位小姐的電話，但她已經關機了，看了看時間，接近凌晨三點。

或許吧，時間只能證明愛的深淺，所以在沁婷離開我的兩個月裡面，我還是會時常想起她。

每天回到家，看到魚缸裡的嘻嘻，我不禁懷疑著，「嘻嘻啊⋯⋯嘻嘻，哈哈都不在了，我還留著你幹嘛⋯⋯」

時間，只能證明愛的深淺，
只能讓你不斷的體會迷宮裡的路有多長，多遠。

16

雨聲在打電話的時候，我戴上企鵝頭，繼續我的工作。

正值下午三點半，太陽的威力還是沒有小一點，待在企鵝裝裡雖然不需要擔心曬黑問題，但卻必須煩惱更恐怖的問題——中暑。

剛剛那個吐在雨聲身上的小朋友，這時候又被那一位不可思議的媽媽抱了回來，這一次比較恐怖，因爲她的親友團也一起過來了。

大的約七歲，小的約兩歲，一共八九個小孩子，一擁而上騎到我身上來，不，應該說是騎到企鵝身上，只是很不幸的我在裡面。

我不但得拚命擺出歪頭張手的誇張姿勢，還得小心小朋友的安全，眼前有點像是大明星開記者會，鎂光燈東閃一次，西亮一下，我這才知道，原來他們不是親友團，是某家公司舉辦的假日旅遊。

我是不太擔心會有小朋友吐在我身上，不過我擔心的是我胸前抱著的這個小女娃，拍照時她完全不理會鏡頭，拚命往企鵝眼睛裡看，我被她看得有點不好意思。

但是她看就算了，居然還伸出她的手指頭開始挖眼睛。

躺在床上，我左翻右翻，一下子坐起來，一下子又橫著躺，腦袋裡一直有個聲音告訴自己我該睡了，卻怎麼也沒辦法闔眼。

我甚至開始怪罪床前的明月光太亮，讓我的瞳孔不勝負荷。

「時間，只能證明愛的深淺。」這句話不斷在我腦海裡反覆著，像深山裡的大鐘雲繞。

我起身，打開電腦，連上已經好一陣子沒去的BBS站。我的帳號已經被系統刪除了，鍵入new，我重新註冊了一個ID。

我輸入nomore，有人用了，我輸入nomorelover，也有人用了，接下來又試了bluej、neversaylove，還是都有人用了。

我試了本來的帳號YJL，這表示我的名字，居然也已經有了使用者。

我試了我的英文名字Joe，試了沁婷的英文名字Tina，系統完全把我排除在外。
後來，我慢慢的鍵入p-e-n-g-u-i-n（企鵝），結果進去了……
通過認證，我直接到diary板，寫上這個新帳號的第一篇文章。

作者 penguin（不是企鵝的企鵝） 站內 diary
標題 時間，只能證明愛的深淺
時間 Sun Jun 25 03: 21:47 2001

時間，只能證明愛的深淺
就像分手多年後再一次相見
妳永遠三十度C手的溫度
妳不變深邃眼眸裡的晶墜
我就會再度記起當年愛妳的回憶
愛妳的酸甜
時間，果然只能證明愛的深淺
所以，忘記妳需要的不是時間

沒幾分鐘之後，我收到兩封信。
一封是要把我這篇文章轉到他的名片檔去，另一封則是要跟我「做朋友」。
他的來信內容我不便再贅述，我只能說他的意思是，男人不一定要跟女人在一起才會有愛情。

親友團離開之後，雨聲還沒有出現，原本應該是兩隻笨蛋……不，兩隻可愛的人偶一起裝白癡，結果只剩下一隻笨企鵝。

我一邊裝可愛，一邊往休息室一步一步的慢慢移動，我心底暗自盤算著手機借給他的時間、等等該跟他收多少錢。

這時，我在人群當中，發現一個熟悉的身影，我慶幸著剛剛的小女娃把企鵝眼睛挖大了點，讓我看清楚了那身影是誰。

她不是別人，是讓我目眩神迷的西雅圖天使。

她一個人，似乎漫無目的的走著，也無心在籠子裡的動物，也不在意身邊嘻笑打鬧的小朋友，這世界對她來說彷彿是透明的一般。

我很快速的移動到她的旁邊，故意在她身邊裝可愛，她也注意到了這一隻龐大企鵝的存在。

我想開口說話，但她只是對企鵝裝笑了一笑，就轉身往旁邊的椅子走去，坐了下來；我跟在後面，想把企鵝頭脫掉，但是該死的企鵝手卻卡住了。

這時候，主管巡視園區，他從我身邊經過，非常故意的瞄了我一眼，似乎我企圖拿掉企鵝頭的動作被他發現了。

西雅圖天使坐在椅子上，拿出了她的手機，好像在玩電動。

我故意繞過椅子，在她的四周不停的搖擺，她並沒有抬頭看我，只是專心在手機上。

「請你告訴我，真愛到底存不存在？」

她打了這封簡訊，卻一直沒有發送出去。她站起來，看了看我……喔，不，是企鵝，然後笑了一笑，便往園區門口走去。

後來，我在精華區與使用者名單之間閒晃，待我又回到diary板的時候，我的文章下出現了幾篇的Re：(回覆)。

有些人有感而發的說了自己的感想，有些人安慰我這個素未謀面的人，有些人則因爲這篇文章而想起了過往。

冰冷的螢幕上，不知名的人們用鍵盤與文字交替著裹著溫度的情感，一字字穿心越骨，一句句痛徹心腸。

「時間，只能證明愛的深淺。」

是啊，是啊，時間能證明愛的深淺。

雨聲從另一端晃啊晃的回來了，途中被小朋友纏住，走到我面前的時候，身上還吸著一個調皮的男生。

後來，男生的媽媽來把他帶走，還罵他髒話。

「我銬，你叫富貴起床是要唱歌喔。」

「不是好不好？剛剛洗完走出來以爲OK了，卻沒發現他的嘔吐物也在虎皮的鼠蹊部造成了災情，所以我又重洗一次。」

「我的手機咧？」

雨聲從虎嘴裡遞出手機給我，我這才發現虎皮裡面比較寬闊。

不過企鵝沒手不能拿手機，我只好硬是張開企鵝嘴巴去接。

「你的手機，剛剛嗶了兩聲喔。」雨聲在回到工作崗位之前，這麼跟我說著。

「嗶了兩聲？」

聽到這句話，我有種特別的預感。心跳突然很快，不知道是高興還是緊張。

是訊息嗎？是訊息嗎？

「是快沒電了啦。」雨聲揮著老虎手說著。

—妳傳來的訊息，一字字穿心越骨，一句句痛徹心腸。—

17

我接過手機，很努力的要把它放進我的口袋裡。

心跳回到了正常的速度，突然有一種很深的失落感。

我不知道爲什麼會有失落感，這種感覺很莫名其妙。

你曾有過這樣的感覺嗎？

一早起床，心情不壞也不好，卻總有一種今天會發生一些事情的預感，但你又不知道事情是好是壞，也奇怪著自己爲什麼會莫名其妙有這種感覺，一整天都不對勁，做事也有些心不在焉。

沒有嗎？沒有，好，那我是怪人。

我其實也不是一早起床就有這種感覺的，而是剛剛。

西雅圖天使出現的剛剛，我突然有一種「有事發生，有事該做」的感覺，好像自己忘了做什麼，卻一直想不起來一樣。

這時候，手機振動了兩下，收到訊息的聲音，也同時發出來。

我拉著雨聲，搖啊晃的到了旁邊沒有人的地方打開訊息。

「雨……雨……雨……」我不停的顫抖著，話也說不清楚。

「幹嘛？一個訊息讓你發羊癲瘋啦？」

「這……那……」

「你是怎樣啦？」

我衝出人群中不停的東張西望，我忘了身上還穿著企鵝裝。

「阿哲，你在幹嘛啊？」雨聲戴好虎頭跟著衝了出來，虎爪在我背上耙呀耙的。

我沒應他，一邊拚命的跑，一邊拚命的把身上的企鵝裝給脫了。

我在人群當中尋找，尋找，怎麼找都找不著她。

「請你告訴我，真愛到底存不存在？」

我不敢相信這麼一件不可思議的事情會發生在我身上，我完全沒有想過過去幾天以來每天跟我訊息來往的傷心女孩，竟然就是讓我深覺驚豔、不知所措的西雅圖天使。當我看到「請你告訴我，眞愛到底存不存在？」這十三個字出現在我的手機上時，你一定沒辦法體會那種感覺，一種連毛細孔都覺得不可思議的感覺。

我試著撥出她的電話號碼，但是撥號鍵抽掉了這顆電池最後的電力，手機就這樣掛了。

我衝出動物園，往捷運的方向跑去。

假日的動物園，不消說，來來往往數百千人，我根本無從找起。我衝回我的停車處，從置物箱裡拿出另一顆備用電池。

「快啊！快啊！求求你……一定要有電啊……」

我手忙腳亂的換了電池，心裡急得像動作片裡爆炸前幾秒鐘的拆彈過程一樣。

該死的是，我赫然想起前兩個晚上，這顆電池就已經因爲沒電而被我遺忘在置物箱裡，兩聲嗶嗶，螢幕上顯示著「請充電」三個字。

我按下重撥鍵，一面跑回捷運站外，奢望著可以在某一個方向、某一個角落看見她。

畫著一大堆可愛動物圖案的捷運列車正要關門，發出了特有的警鳴聲，這時手機被人接起，一聲輕輕的「喂」，跟著警鳴聲從我的手機裡傳進我的右耳。

「別走！」我用力的說著。

手機失去電力的同時，訊號也跟著斷了。

列車啓動，我呆望著它慢慢的遠行，繞過捷運高架，越來越小，越來越小。

我不知道那句「別走」她有沒有聽見，我只知道如果現在沒有追上她，我跟她之間所有美麗的相遇都會失去意義。

我騎著機車，跟著捷運路線狂飆著。

心裡暗想著捷運木柵線的停靠站，她到底會在哪一站下車？

「給我這一次機會，就這麼一次，我不會再放棄，不會再只顧著自己，不管結果如何，我都會好好的珍惜。」我在心裡這麼默念著，默念著。

我也不知道我該在哪一站停下車，我只知道我不能停。

──別走。──

18

我被Fire了。

原因不是因爲別的，而是當眾蹺班。

「當眾」這兩個字的意思，相信大家都懂，但是「當眾蹺班」這四個字，看在動物園管理群裡，可是非同小可。

我當著數千人的面前，像發了瘋似的脫了企鵝裝拚命的跑，就這樣一路跑出了園區，聽說因爲這樣的畫面特殊，還有人以爲企鵝裝裡有蛇。

總之，我爲蹺班這個名詞付予了新的意義。

雨聲後來告訴我，因爲當時園裡的工作人員並沒有立即發現，所以企鵝裝還差點被旅客拿走，還好他一直跟在我後面，只是虎皮讓他跑得慢了一點。

「這下可好，一份高薪的工作就這樣沒了。」雨聲翹著二郎腿，咬著牙籤對著我說。

「是你自己不幹的喔，我可沒叫你不幹。」

「我銬！如果今天是我幹了跟你一樣的事，你會繼續做下去嗎？」

「我考慮。」

「媽咧還考慮？枉費我把你當兄弟了……」

「你想想，如果是你，你不會去追？」

「……我考慮……」

「考你個頭啦！像你這種色胚子，跑到美國你也照追。」我喝了一口茶，往嘴裡塞了一顆蜜餞。

「哎……女人喔……害人喔……禍水喔……害李元哲掉工作喔……」雨聲講到一半電話響，他看著來電顯示，露出一臉噁心的笑容，隨即用很噁心的聲調講電話，這不用說，絕對是王富貴打來的。

我沒有想太多，一路騎到了「科技大樓」站，我不知道爲什麼我會在這裡停下來，或許是因爲我已經看見了那一輛畫滿動物圖案的列車，也或許是因爲我在這裡遇上第一個紅燈。

我把車子丟在旁邊的人行道上，因爲我不想因爲紅燈右轉而被躲起來像小偷的警察開罰單。

列車停下不久就駛離站，旅客一個一個從電梯上下來。

「科技大樓」站只有一個出口，旁邊有一家麥當勞，走過麥當勞的同時，我聞到薯條的味道。

走出車站的旅客，有的站在站門口等人，有的坐上了親友的車，臉上帶著笑容，有的招了計程車離開。

我看見一整群的辣妹，穿著短裙、削肩T恤，各個身材高眺有緻、曲線玲瓏，大概是某學校的樂儀隊或啦啦隊吧。

但這時不是看辣妹的時候，因爲我在等她，西雅圖天使。

忽然間，我不知道該怎麼叫她。

在電話簡訊的來往中，我只知道她是個心被傷透的女孩，在現實的生活上，她是個讓我目眩神迷的天使。

那天晚上的黑車追逐，讓我沒能知道她的名字，只認識了她的眼淚，彷彿淚流進我身體裡的某個部份，我感受到她哀傷灼熱的溫度。

爲什麼事情這麼巧？爲什麼世界這麼小？

當我還沒來得及處理這眞相大白的事情時，我已然在某個無法確定是否是她即將步出的捷運站出口等著她。

我沒辦法形容我心裡的紊亂，我只能祈禱。

不管是觀世音菩薩也好，耶穌基督也好，只要給我這麼一次機會，我願意用所有的愛去換。

紛亂的心情，在我看到她從電梯上頭緩緩下降時，得到了瞬間的平靜。

或許好人有好報，或許我沒有把嘻嘻丟掉是對的。

「你……」她驚訝的看著我，眼睛睜得好大。

「好久不見。」

「……嗯……你……怎麼會在這裡？」

「我是來回答妳問題的。」

「問……問題？」她皺著眉頭，深鎖著很深的疑問。

「手機借我好嗎？」

她的表情我不知道該怎麼形容，但我從她的眼神似乎看出了一絲……她開始不知所措的悸動。

……

我把她的手機關機，拿出她的SIM卡，換上我的，重新開機，再打開剛剛她傳來的訊息。

「請你告訴我，真愛到底存不存在？」

我把訊息秀給她看，也同時看到她眼裡顫動的眼淚。

「我眞該早一點向妳要電話的。」

「……你……」

「那我就可以早一點發覺，原來每天夜裡傳訊息給我的女孩，就是這幾天來，我日思夜想的女孩。」

我感受到她的情緒在翻湧著，手在顫抖著，淚水不斷的流著。

「眞愛存在，眞愛一定存在，妳要試著相信，就像我們之間奇蹟似的相遇一般。」

這一天，台北好美。

真愛存在，真愛一定存在，妳要試著相信，就像我們之間奇蹟似的相遇一般。

19

雖然我已經不是學生了，暑假這個名詞對我來說已然是過去式，但暑假這一段時間，卻仍然存在每個不是學生或老師的生活裡。

難道你可以說「不好意思，因爲我已經不是學生了，所以麻煩把我將來生活中的七八月，十二月跟一月抽掉，然後給我兩次九月，兩次六月，兩次二月跟兩次十一月」嗎？這當然是不可能的。

「廢話！耍什麼冷啊？」

可能會有人這麼說，但沒錯，我確實在說廢話。

但是這一段廢話對我來說，我恨不得可以成眞。

因爲家裡有一個邱心瑜已經很恐怖了，卻因爲暑假的來臨而多了一個人。她叫邱心蘋，看名字就知道，是那隻秋刀魚的妹妹。

人說同一家的兄弟姐妹都是同一個媽媽生的，就算性格再怎麼不一樣，還是會有相仿之處，不然怎麼叫兄弟姐妹？

可憐的是，天知道我有多希望她們只要相仿就好，因爲邱心瑜跟邱心蘋這兩個女人，在性格上簡直一模一樣，尤其是脾氣，簡直青出於藍勝於藍，有過之而無不及。

「這是我們家的『後浪』，她是我妹，叫邱心蘋，這是我室友，叫李元哲。」秋刀魚攬著他們家後浪的肩膀說著，並且向她妹妹介紹我。

「後浪？爲什麼要叫做後浪？」

「因爲她什麼都比我強，脾氣也比我差，我媽說生了她之後，我就變成了前浪，她自然是後浪了。」

語氣裡，我聽出秋刀魚對她妹妹的感到驕傲。

「姐，妳幹嘛把我講得很恐怖的樣子，等等嚇到哲哥怎麼辦？」

哲哥？不會吧？這麼阿里不達、酒家味兒的稱呼，她哪兒學來的？

「喔。照妳這麼說，妳媽媽就是沙灘囉。」我不甘示弱的調侃了兩句。

「不，我媽是上海灘。」她們兩個異口同聲的說著，還一臉得意的樣子。

後來我才知道，爲什麼邱心蘋會突然跑到我家來住。

話說秋刀魚和她的男朋友汪學偉，日前還在因爲她跟我住在一起的事情爭執不休，後來，汪學偉「很好心」的爲邱心瑜找了一間套房，還付了租金，神秘兮兮的帶著邱心瑜去看房子，結果被邱心瑜狠狠的罵了一頓，因爲邱心瑜覺得汪學偉把她當成被包養的女人。

這還不是絕對的導火線。

話說過沒幾天，汪學偉帶著邱心瑜去參加公司的聚會，公司裡大部份都是一些年過三十，甚至近四十歲都尚未結婚的男人，或許在社會上久了，經歷的事情也多了，女人當然也看過不少，所以一堆男人在一起的話題沒幾句是正經的，最後竟還不知好歹的拿邱心瑜開黃腔。

沒想到邱心瑜竟然忍了下來，並沒有當場發飆。

但是後來一番酒酣耳熱之後，花酒錢買逍遙快樂的時間到了，汪學偉拗不過朋友的邀約，又不希望自己的女朋友生氣，一句「我只陪你們一小時，不要讓我在女朋友面前難堪」出口，邱心瑜當場翻臉了。

難怪某一天早上，邱心瑜在上班之前東摔西碰的，「不要惹我」四個字好像寫在臉上。

「喂，妳怎麼啦？」

「不要管我。」

「妳早餐吃炸藥嗎？」

「我說了不要管我你沒聽見嗎？」

「聽見了，不過，妳手上拿的是我的馬克杯，麻煩妳高抬貴手，要摔摔妳自己的。」

邱心瑜這個女人，大好大壞型，而且挺難有轉寰的。一件事情讓她生氣，可能會氣個好幾天，等到結果出來，她才會平靜。

我想她這樣的個性汪學偉比我清楚，所以我還蠻可憐他的。後來，他打電話給邱心瑜，但是她不接，他找她，她也不見，連解釋的機會都不給。

汪學偉一急，不知道哪裡搬救兵，結果靈機一動，腦筋動到她妹妹身上。

就這樣，邱心蘋像請神一樣的被請到台北來，還帶來了一大堆行李，似乎要在我這裡長住下去。

「妳不用補習嗎？」我一面看著報紙，一面問著。

「不用，我的成績不需要擔心。」

「上了高三不是都要補習嗎？」

「我銬！都跟你說我的成績不用擔心了，你幹嘛還一直問啊？你這個男人怎麼這麼囉嗦啊？難怪你常惹姐姐生氣啦！姐姐說得果然沒錯，跟你講沒兩句就會動到肝火了。」

她一下子狂罵了一堆，我嚇了好大一跳。

「不……不需要這麼兇吧……」

「我還沒發脾氣呢。」

這句話一說完，我馬上感覺到世界末日即將降臨。

不過，邱心蘋的出現倒也不全是壞事。

因為兩個女人比較之下，我突然覺得邱心瑜好溫柔。

「我知道你失業了。」一天，她要出門上班前這麼跟我說。

「是啊……所以我又開始翻報紙的日子，這已經是第五天了。」

「不用翻了，跟我一起走吧。」

「一起走？去哪？」

「咖啡廳，我們店裡缺了一個人，我已經跟我們店長說過了，他說沒問題，你今天就可以上班了。」

我捏了自己兩下，發現這一切都是眞的。

「等等！該不會有什麼陰謀吧？怎麼突然這麼好？」

「我銬！都跟你說沒問題了，你還問這麼多幹嘛？什麼陰謀啊？你這個人心機怎麼這麼重啊？奇怪，好心幫你還要被你懷疑，難怪你常惹姐姐生氣啦！姐姐說的果然沒錯，跟你講沒兩句就會動到肝火了。」

邱心蘋在旁邊像把機關槍一樣的開罵著。

「我……我只是驚訝啊……不需要這麼兇……吧……」

「我還沒發脾氣呢。」

──惹龍惹虎，不要惹到母老虎。──

20

在咖啡廳工作的日子，說眞的只有一種感覺──「爽到翻過去。」

想想，在冷氣房裡工作，不需要跟大太陽搏鬥，工作內容又不會舉輕拿重，泡泡咖啡、收收杯子、結結帳單，頂多再洗洗廁所，一天的工資可以抵三天的生活費，眞是愜意到不行。

倒是雨聲那傢伙爲了我兩肋插刀，不小心插死了自己的飯碗，跑到漁人碼頭去幫有錢人洗船。他眞是什麼工作都做。

隨著工作的順利，我的生活似乎開始有了轉機。

西雅圖天使在我的生命中不再只是一個自己拼湊出來的名詞，而是一個讓人難以抗拒的名字。

「戚韻柔。」

我騎著機車拚命追捷運，把自己當做是舒馬克，把我的摩托車當做F1賽車那天，她告訴了我她的名字。

「什麼？」

「戚韻柔，我叫戚韻柔，戚繼光的戚，韻律的韻，柔和的柔。」

「oh……my……god」

「怎麼了？」

「妳的名字……好……好好聽……」

「謝謝，是我爸爸幫我取的。」

「這名字完全符合妳的人，簡直就是完美的搭配。」

「怎麼說？」

「難道妳聽過名字叫做×傻男的，就眞的是傻男嗎？」

我不知道把我跟韻柔相遇相識的情形套在別人身上，別人會有什麼樣的反應，接下來會有什麼樣的發展。

或許美麗的相遇總會造就出一個美麗的故事。

但是，我跟韻柔卻不同，因爲我們並沒有什麼發展，我們只是夜裡藉著電話線，彼此說說這一天發生的事情與心情，偶爾相約見面，在咖啡廳裡說說話。

總之，情侶會去的地方，我們都不會去。

所以我們不是情侶，頂多只能說是很談得來的朋友。

雖然我很希望是。

後來我問了韻柔，爲什麼會一直不斷的發訊息給一個不認識的人，她給了我這樣的答案：

「或許這支電話號碼的新主人不是我認識的，但我卻只能把它當做仍然是以前的他在使用著。」

所以，巧的事情又多了一件。

「原來我的新手機號碼，竟然是妳以前男朋友的號碼。」

「他不是我的男朋友。」

「那他是……」

「……」

每次說到這裡，韻柔就沒有再說下去。

我也不方便追問，勾起她陳舊的傷痛與過去。

一天，我跟韻柔相約在她家附近的某個公園，這是我們第一次約在情侶會去的地方。

那個公園不算大，但卻有一個湖在公園中央，四周圍的步道繞著湖的形狀闢成了這一座美麗的公園。

我下班的時候已經接近相約的時間，任我再怎麼快，到達的時候卻也已經遲到了。

韻柔站在湖邊，靜靜的看著無垠的湖面。

「我可以說是妳早到了嗎？」我走到她的身後，有點難為情的說著。

「如果這可以減低你因為遲到而內疚的痛苦，你可以這麼說。」

「怎麼今天突然不去西雅圖了？」

「今天不適合跟咖啡因相處。」

「喔，那適合跟晚餐相處嗎？」

「等會兒吧。」

她開始漫步了出去，我則跟在她的身後。

「妳好像……有話想說。」

「嗯。」

「是要說給我聽的嗎？」

「嗯。」

「跟妳有關的嗎？」

「嗯。」

「也跟我有關的嗎？」

「嗯。」

「是我在想的那個嗎？」

「你在想的是什麼？」

「沒，沒什麼，我胡思亂想。」

我緊張得幾乎可以聽見我的心跳。

「我先問你一個問題好嗎？阿哲。」

「請說。」

「如果你的生命只剩十分鐘，你會做什麼？」

這是個奇怪的問題，而且奇怪到不行，對於一個什麼都務求實際的人來說，這是個不是問題的問題，相對的也會有一個不是答案的答案。

「如果是以前的我，我會告訴妳我不想回答，這根本就沒有答案，因爲我根本就不知道我的生命剩多久。」

「那現在呢？」

「現在的我，打算聽完妳的答案之後再告訴妳。」

「你可以不用這麼聰明。」

「不好意思，天性使然。」

後來，她給了我一個沒想到的答案。

「我的生命如果只剩十分鐘，我會緊緊握著我愛的人的手，因爲我想在他的陪伴中死去，我想帶著他的溫度離開。」

「嗯。」

「你的答案呢？」

「我改天再告訴妳好嗎？」

「不行。」她嘟著嘴巴說。

「那好吧。妳先前問了我一個問題，眞愛是否存在是嗎？」

「嗯。」

「眞愛在我心裡的定義是生命中可以僅有的唯一，所以當眞愛已經在我的身邊時，連生命都可以不吝嗇的給她一半。」

聽完，她似乎有些驚訝。

「所以，當我的生命只剩下十分鐘時，我希望可以給她五分鐘，來證明她是我的眞愛。」

兩公尺不到的距離，我幾乎可以聽見她的鼻息，跟我已然失控的心跳聲，奏出相同節奏的旋律。

「妳想要那五分鐘嗎？」

—妳想要那五分鐘嗎？如果妳是我的真愛的話。—

21

我送她回家之後，也忘了該叫她吃晚餐的事情，一路上我們沒有說幾句話，在她家門口的那一句再見，卻讓我有些落寞的悲傷。

「阿哲，謝謝你送我回來。」

「不客氣，應該的。」

「那，你回家小心，我上樓了。」

「等等，韻柔。」

「什麼事？」

「為什麼妳要問這個問題？」

她沒有回答，只是笑了一笑，就轉身回家。

回八里的路上，我的腦海裡一直不斷重複著剛才的片段，一幕幕都是彩色的畫面，清清楚楚的重演著。

我感覺像個第一次嚐到愛情滋味的小男生，那種悸動和著緊張與害怕，似乎她的下一句話，就將要審判我的快樂或悲傷。

只是，她並沒有向我要那五分鐘，只是輕輕靠在我的肩上。

回到八里公寓，邱心瑜跟邱心蘋兩個恐怖的女人，坐在客廳裡看著電視，吃著不算是宵夜的宵夜。

「喂，才九點多鐘耶，吃宵夜會不會太早？」我指著她們的鹹酥雞說著。

「要你管？」

「我們女人家要吃什麼，什麼時候吃，你管得著嗎？」

果然是姐妹，一鼻孔出氣。

「我是管不著，只不過我天天看著那個體重秤，我一直在想妳什麼時候會達到那個目標。」

「什麼體重秤？什麼目標？」邱心蘋奇怪的問著。

「他在說我距離四十五公斤還有兩千克的目標啦。」邱心瑜不耐煩的瞪著我。

「兩千克算什麼？我離四十五公斤還有四千克呢。」

「眞的？看不出來妳比我重啊？」

「不，姐，妳想錯了，我只有四十一公斤。」

兩個女人後來開始討論體重的事，我是一點也不關心，打算洗完澡到頂樓吹個涼風去。

但當我洗完澡，晾好了衣服，一步一步的走到頂樓時，邱心瑜已經站在那裡，一個人看似落寞的望著一片漆黑的海。

「妳幹嘛？」

「要你管！」

「我是好心問妳，幹嘛一定要這麼兇。」

「謝了，我不需要你的關心。」

「既然不約而同的都到頂樓來了，沒事的話放下敵意，聊聊天吧。」

「我對你沒什麼敵意。」

「好好好，沒敵意，那放鬆心情說說話行了吧？」

「說什麼？」

「妳跟汪學偉怎樣了？」

「沒事了。」

「沒事了？哇……妳妹妹眞厲害。」

「什麼我妹妹眞厲害？」

「沒，沒事。」

她看了我一眼，喝了一口她自己帶上來的罐裝果汁。「你要不要？」

「不，謝了，我不渴。」

「我可不可以問你一些問題啊？」

「妳問啊。」

「爲什麼你女朋友會離開你啊？」

這個問題讓我有點不知所措，頓時腦子裡一片空白，不知道該說什麼。

「一定要問這種問題嗎？」

「不一定啊，你不想講就不要講。」

「不會不想講啦，只是……哎呀，反正就是被甩了，就這麼簡單。」

「不會想追回來嗎？」

「追回來能代表什麼嗎？更何況現在的我有了另一個重心了。」

「重心？」

「是啊。一個讓人一見傾心的天使。」

「你在發花癡嗎？」

「什麼花癡，眞的好不好，她眞的是一個讓人沒辦法抵抗的女孩子，改天介紹給妳認識認識，妳就會知道我所言不假。」

「喔，追到啦？」

「追不追到已經不重要了，我只要能看見她就很高興了。」

邱心瑜聽完後表情怪怪的，從她眼神裡看到她有很深的疑惑。

「不信就算了，不需要這樣看著我吧。」

「不，我只是有些驚訝而已。」

「驚訝什麼？」

「不知道，或許是有一種刮目相看的感覺吧。」

「喔，妳爲什麼要問我這些啊？」

「不知道，隨口問問的。」

「那我也可以問嗎？」

「問啊，我看心情回答。」她又喝了一口果汁。

「妳眞的很喜歡汪學偉嗎？」

她發呆了一會兒，接著說：「嗯，我很喜歡他的成熟、責任感，還有對事情的執著。」

「那妳就應該多發揮一下女孩子的天性不是？」

「什麼意思？」

「女孩子有著男人沒有的天性，就是溫柔、善眞、天生就有體貼人心的性情存在，如果妳願意發揮這麼一點點，給他一些體恤的回應，我想這對妳對他都好。」

這一次她發呆更久了，兩個大眼睛直盯著我看。

「妳幹嘛？」

「沒……我只是……覺得……覺得你……」

「我，我什麼？」

「沒事，睡覺了，晚安。」

她拎著果汁轉身就走，海風吹過，她的髮香一陣陣撲鼻而來。

「喂，阿哲。」她要下樓之前，站在樓梯邊喊著。

「幹嘛？」

「你不錯，你眞的很不錯。」

我第一次看著她對我投以這麼友善的笑容，竟然有點不好意思。

海風還是吹著，今晚的八里，沒有星星，只有月亮。

—女人有著無人能及的一種能力，叫做天生的溫柔。—

22

故事說到這裡，突然間我不知道該怎麼講下去。

不是故事即將結束，而是這一切因爲一個人，而有了轉機。

我討厭這個轉機，因爲它讓所有人都錯愕，幾乎沒有一個人能接受這樣的事情，偏偏它在這個時候發生。

我跟韻柔的關係，一直停在一種階段，一種誰都不想下決定的階段。

我不知道她是爲了什麼，但我一直覺得，她一直跟我保持著最後的一道距離，彷彿這一道距離對她來說，是一種保險，是一種安心的感覺。

但保險與安心感都沒辦法形容的很貼切，因爲後來我漸漸發現，這不僅僅是保險與安心感的距離而已，而是一種機會。

一種讓自己等待的機會。

但是我不知道她在等什麼，我只知道我不斷的往下陷，每見她一面，我就多喜歡她一點。

一天晚上，我們在沙崙的海邊，兩個人坐在沙灘上，那裡有清涼的海風，船隻的燈火像掉在海上的星星一樣爍亮著，我們調皮的用手挖著沙，挖得越底下，沙子越涼。

一群學生坐在我們的右前方，他們點著了幾根營火棒，兩三把吉他輕聲奏著音樂；我沒聽清楚他們前面在唱什麼，只有在後面大合唱的時候，我才知道他們正唱著那首好聽的山地情歌，「那魯灣」。

小女孩，我愛妳，
因為妳長得眞美麗，
喜歡妳，別介意，
因為我心已屬於妳。
妳如愛我，
請妳點頭告訴我，
海枯石爛，我永遠都不會忘記。
那魯灣，那魯灣，
那魯灣，那魯灣，
那魯灣，那魯灣，
那魯灣，伊呀那呀嘿。

我向韻柔解釋著，這是一首山地情歌，那魯灣的意思，就是山地話的「我愛妳」。

「剛剛我唸完的那一段，是男生唱的。」

「喔？還有女生唱的？」

「有，這首歌流傳開了之後，被譜成了二部合唱，男孩子唱第一部，女孩子唱第二部，歌詞是這樣的：小男孩，你愛我，請你不要告訴我，我知道，我明瞭，因爲我心已屬於你，我喜歡你，只是不敢告訴你，海枯石爛，我永遠都不離開你，那魯灣，那魯灣，那魯灣，那魯灣，那魯灣，那魯灣，那魯灣，那魯灣，伊呀那呀嘿。」

她聽完，笑開了嘴，拚命的拍著手。

「阿哲，看不出來你這麼厲害，這麼有研究，唱歌還挺好聽的呢！」

「大學時參加了兩年的康輔隊，在裡面學了一大堆這種類似民謠的歌。」

「好棒，拍拍手。」

「不過，除了那魯灣三個字的涵意特殊之外，這首歌其實沒什麼內容，我覺得。」

「那什麼樣的歌詞你覺得有內容？」

「我說的沒什麼內容不是他寫得不好，可能是因爲山地語言翻譯過來之後，普遍失眞了；我覺得有內容的歌詞，應該是特地寫的。」

「特地寫的？」

「嗯，特地爲了某件事寫，或是特地爲了某個人寫。」

韻柔看了看我，似乎聽出我話中有話。

「只可惜我不會寫曲。」

「有詞我就很高興了。」

「呵呵，一定要寫給妳嗎？」

「好哇，你拿我開玩笑，害我還很正經的回應你。」

當我正在「享受」韻柔的花拳繡腿的同時，遠處傳來一陣歡呼聲。

「祝你們天天幸福，永遠幸福！」

我跟韻柔都嚇了一跳，轉頭望去，原來是那一群學生的傑作。

我不知道該怎麼回應好，只是尷尬的笑了一笑。

沒想到韻柔站了起來，大聲地向他們喊：「也祝你們天天幸福，永遠幸福。」

他們好像興奮了起來，現場的氣氛瞬間像澎湃的大海，他們不停的歡呼，拿起營火棒揮舞著。

男孩子抱著吉他，撩起了褲管，站到海上拚命的彈奏著，一曲一曲好聽的歌，他們似乎唱不完。

當一個長髮的女孩，拉扯著聲帶朝著大海那一端的黑暗喊著：「祝全世界都幸福！祝全世界都幸福！」我彷彿聽到海的心跳聲，聽到風的心跳聲，聽到地球的心跳聲。

「祝全世界都幸福！祝全世界都幸福！」

韻柔跑向前去，她捲起了裙擺，放下了髮夾，一聲一聲的往海那一方大喊。

我幾乎克制不住這一刻的激動，眼淚有奪眶而出的念頭。

那一晚，韻柔哭倒在我懷裡，還一聲聲的對著我說：「阿哲，祝你幸福。」

我不知道她為什麼在興奮與悲傷之間尋找她的寄託與淚水的出口，對她來說，興奮與悲傷這兩種極端情緒的距離，像是開一扇門，關一扇門一樣的近。

「也祝妳幸福，韻柔。」我只是抱著她，抱著她。

好景不常，故事從此起了絕大的變化。

轉機，就在這之後，轉了機。

—祝全世界都幸福！—

23

因為那魯灣的旋律一直在腦子裡盤旋，因為韻柔那一句「祝你幸福」像戴著耳機聽音樂一樣的重複播放著，讓我有了一個「為她寫首歌」的念頭。

那天在沙崙海邊的情景，一群人往大海喊著「祝全世界都幸福」，那樣的畫面，這一生可以看見幾遍？我不是一個喜歡灑狗血的人，但面對這樣感動人心的一刻，我的眼淚幾乎要潰決。

後來，在離開沙崙之前，韻柔說了她的故事給我聽。

她說，她一生中，有兩個男人對她來說，像是鑽石一樣珍貴，像是生命一樣重要。

三個人如膠似漆的相處在一起，爲友情的誠摯與永恆做了一個最好的解釋。

他們是她的大學學長，從她進到學校的那一天開始，他們就像哥哥一樣的照顧她。

大學時期的每一部電影、每一次旅行，甚至每一個傷心難過的夜晚、每一個等待日出的天明，他們三個人，總不會有一個人缺席。

她以爲，他們永遠都不會分開，一輩子都會像在一起的時候一樣美好。

但是，當愛情介入了純友情的世界裡，一切都不一樣了。

她愛上了其中一個男孩子，很深很深的愛上了。

她知道另一個男孩子也喜歡她，只是不說破而已，她也知道她深愛的人不會跟她在一起，爲的只是不想破壞三個人的關係。

人性當中，嫉妒與偏激像是兩把利刃，你永遠都不知道何時會揮舞起，更不知道兇手竟然是自己。

有一天，她深愛的那個男孩子突然間消失了，另一個男孩子也同時不知去向。

她找遍了所有可能的地方，就連他們的家人，都沒有給她一個明確的答案。

「他有交代，請妳不要再來找他。」

總是這一句話，讓她沒辦法知道他們的下落，日復一日，她因此而頹喪。

她說著，我聽著，像海浪打著，沙灘受著。

我幾乎可以感受到她的哀傷，一種無能爲力卻又不想放棄的抵抗。

「總會有一天得到答案的，韻柔。」我輕拍她的肩膀。

「是嗎？如果我等不到那天怎麼辦？」

「一定會有那麼一天的，我相信。」

「爲什麼你相信？」

「因爲眞愛存在啊。」

我知道，我跟韻柔之間不會有什麼進一步的發展，就更別談進兩步或進三步了，但我希望，在我可以做得到的範圍內，我必須拿出證明，因爲眞愛存在。

回到家之後，我依著這一晚的感覺，拿出已經好久沒有碰過的紙筆，寫下了我爲她所做的，也是我這輩子的第一首歌。

妳說著，我聽著
像海浪打著，沙灘受著
妳的憂傷大於快樂，連彩虹都只剩一種顏色
我聽著，妳說著
像晚風吹著，髮絲飄著
就因為愛沒有規則，所以心痛了，死了，回不去了

但是我存在著，一直存在著
任何痛苦的負荷，我陪著，妳不會孤單著
在妳最無助那一刻

我真的存在著，一直存在著
不管時空的區隔，我守著，靜靜的，我守著
因為我陪著，我守著，妳，值得

我爲這首歌取名爲〈證明妳値得〉，不僅是要證明眞愛的存在，更要證明她値得我去努力證明。

只可惜我不會寫曲，這首歌一直停在只有詞，沒有曲的情形下有好一段時間，我也就一直沒辦法讓韻柔聽到這首歌。

後來，發生了一件事情，也就在這一件事情之後，這首歌才進入譜曲的階段。

但是，如果寫曲一定要以這件事情爲起始，我寧願它不要發生。

這就是我所謂的轉機。

那天，是個晴朗的好日子。

幾天前大家就約好，要一起去划船烤肉，到郊外踏青，好幾個大學同學，再加上邱心瑜、邱心蘋、汪學偉、雨聲跟他的富貴，還有我跟韻柔。

烤過肉的人都知道，男生是最命苦的，除了要生火之外，還得負責烤出好東西給女生吃。

但是女生在幹什麼呢？

女生的工作就是坐下來研究化妝品、討論八卦、比賽體重跟青春痘的大小，還有罵男生把肉烤得很難吃。

我不敢相信在我心中有如天使，近乎女神一般的韻柔，竟然會跟邱心瑜這一傢伙女人家們打成一片，甚至有說有笑，難道她聽不出來邱心瑜雖然脾氣稍改，卻也依然是個不修邊幅的女人嗎？再加上她那個伶牙俐齒的妹妹，簡直像個黑社會。

「妳可不要把我家韻柔帶壞了啊。」趁秋刀魚來拿她已經烤熟的雞翅時，我忍不住提醒她。

「你們家韻柔？我倒要去問問她是誰家的。還有，你剛說帶壞是什麼意思？」

「沒，沒什麼意思，算我多嘴。」

「韻柔現在在我手上，諒你也不敢多嘴，來，給我撒上一些胡椒粉。」她指著她的雞翅膀，一副大少奶奶模樣一樣的使喚著。

後來，這一次烤肉活動最後一個到場的人，走到邱心瑜旁邊向她打招呼的時候，所有的一切眞相大白。

原來，讓韻柔苦苦找尋、幾番落淚的那個人，就是邱心瑜的男朋友，汪學偉。

當事情有了轉機，不一定是壞事，
但人總會擔心，接下來發生的事。

24

事情發生之後，感覺好像連天都變了樣。

雖然物未換，星未移，但是這一切好像是一場鬧劇，身在劇中的每一個角色，似乎都忘記自己原來所扮演的到底是誰了。

這一切來得太突然，沒有一個人反應得過來，所有正常的情緒一下子被攪亂，生活中的一切都模糊了方向。

首先發生變化的，除了我跟韻柔之外，就是邱心瑜。

我從來沒有見她這麼傷心過，也從來不曾看她這麼憔悴，好像一場橫禍奪走了她所有的知覺和感覺一樣，一副人體空殼，整天在我眼前飄蕩。

她開始每天到我家附近的海邊，一個人坐在小沙丘上，靜靜的望著淡水河流向大海的那一端，偶爾，她會帶著紙筆，在紙上拚命的畫，拚命的畫，我不知道她在畫什麼，但光是她落寞的背影，就夠讓我難受的了。

「妳一個人在這裡幹嘛？」我走到她旁邊，學她盤腿坐下。

「看海啊。」

「有心事，妳可以跟我說啊。」

「沒有。」

「如果沒有，爲什麼哭？」我拿出面紙遞給她，順手撥拭她臉上的淚珠。

「阿哲，別理我，讓我一個人吧。」

「好，面紙妳留著，我想妳用得到的。」

每一次她一個人坐在海邊，她就會待到天黑。

咖啡廳裡的工作結束，她開始喜歡一個人走路回家。曾經在店門口看見汪學偉的黑色賓士，曾經看著她跟汪學偉之間的拉扯與衝突，但是她始終沒有上車，她的交通工具變成了自己的雙腳，夕陽陪伴著她回家。

有時候，我會載她一起回家，她從不囉嗦半句話，安靜的坐在後座，手也只是擺在大腿上，我擔心她會掉下去，試著把她的手往前拉，但她並不領情，只是淡淡一句「不需要」，拒絕了周遭所有的關心。

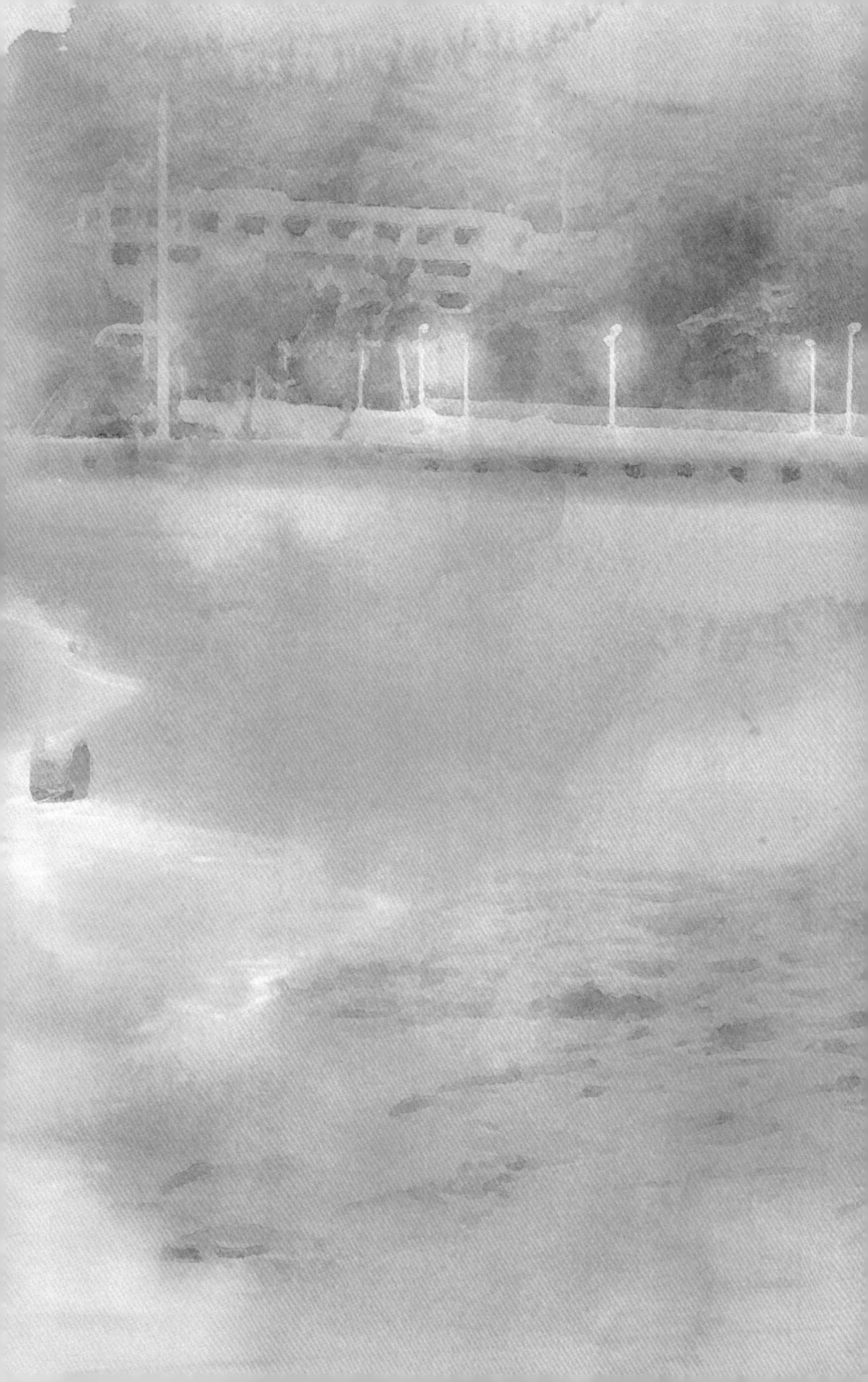

韻柔也一樣。

汪學偉好不容易再一次出現在她的生命中，她像是將要溺水的人一般，對她來說，這一片汪洋當中唯一的一根浮木，除了汪學偉之外，其他的飄流物都救不了她。

她開始拒絕我的邀約，她開始減少跟我見面的機會，她開始足不出戶，也開始把自己封閉在一個除了汪學偉之外，沒有人進得去的世界裡。

彷彿這世界的一切再美好個數百倍，都不足以比上汪學偉的輕輕一瞥。

我的證明頓時失去了動力，像一顆壽命將盡的電池，只剩下些微能點燃自己努力去嘗試的光。

我每天都會到韻柔家，韻柔的媽媽待人很和善，但她的身體不好，雖然行動方便，但不適合長時間的活動。

她對我說，韻柔遺傳了她的體質，身體狀況也很差，常有頭痛欲裂的情況發生，她的爸爸又長年爲了生計在國外做生意，待在台灣的時間並不多。

「這幾天，柔兒爲了學偉的事，一天到晚把她自己關在房間裡，我實在很擔心。」韻柔的媽媽皺著眉頭。

「伯母，如果有需要幫忙的地方，儘管告訴我。」

「謝謝你了，阿哲，韻柔也常誇你是個不錯的男孩子。」

在韻柔家裡，我並不能爲她做些什麼或幫上什麼忙，頂多只是替她們母子倆買晚餐或宵夜，韻柔總是不斷地要我不需要擔心她，但我看她每天都定時服用藥物，給我一種不好的預感。

汪學偉並沒有因爲事情爆發而改變他逃避的做法，縱使沒有人知道他爲什麼逃避，他還是對韻柔保持著絕對的距離。

曾經在我家樓下，我看見汪學偉一個人站在那兒，好像在等著邱心瑜，一把無名火憤由中燒，我恨不得馬上給他一拳。

「你爲什麼不見韻柔？」我上前逼問他。

「事情並沒有這麼單純，不是我不見她。」

「你他媽找這是什麼理由，誰聽得懂啊？爲什麼你能忍心看一個這麼深愛你的好女孩不斷的傷心難過，只是爲了見你一面？」

「我說了，事情的來由你們根本不清楚，不是你們想像中的單純，不是我不想見她。」

「我不相信見她一面這件事對你來說有多難。」

後來，他拉著我跟心瑜上了他的車，把我們載到一個墓園。

「你們要我給一個交代，我就給你們一個交代。」在下車之前，他很無力的說著。

他帶我們走到一個墓碑前面，上面有張男孩子的照片，照片下刻著一個名字。

「謝安本，他是我這輩子最好的朋友。」他跪在墓前，低著頭說著。

謝安本是他的同事，也是他從國小到大學這一段求學過程當中，從不曾分開的好朋友，韻柔所說的那兩個男孩子，也就是他跟汪學偉。

半年前，韻柔生日那天，他們約好了要爲韻柔慶生，但在這一天之前，謝安本接到了公司的調職令，要把他調到英國總公司去當主任設計。

這對一個二十多歲的年輕小伙子來說，確實是一個天大的好消息。

「安本是我害死的。」汪學偉講到這裡，趴在墓前痛哭失聲。

就在下班的時間即將到來時，汪學偉趕出了當天最重要的一個設計案，但爲了這個Case已經好幾天沒睡好的他，請謝安本替他把設計稿送到委託廠商那去，爲的只是要趁機會待在辦公室裡小睡一會兒。

怎麼算都沒算到，謝安本這一去，就再也沒有回來。

那家廠商所在的大樓燒了一場無名火，帶走了十多條人命，包括謝安本的。

我終於知道汪學偉爲什麼一直不肯見韻柔？因爲謝安本的關係。

謝安本在知道自己要調職之後，買了一個戒指，他打算在韻柔生日當天，向韻柔表示自己的心意。

面對好朋友的幸福，縱使汪學偉知道韻柔喜歡的是自己，縱使明白自己也深深愛著韻柔，但帶著最衷心的祝福爲她跟安本祈禱，自然是身爲好朋友的責任與義務。

想不到的是，謝安本就這樣走了，汪學偉一直認爲是自己害死了他的好兄弟，他一直自責著，謝安本是替他斷送了一條命，也斷送了他與韻柔之間的幸福。

我不知道該怎麼去面對這樣一段故事，就像我不知道該怎麼面對親朋好友的死去一般的痛苦，看著汪學偉趴倒在墓前的哀傷痛哭，我幾乎要崩潰在自己的同理心當中。

那天晚上，邱心瑜在汪學偉崩潰之後，也接著在小沙丘上崩潰。

她買了一大堆酒，一個人坐在漆黑的沙丘上狂飲著。

「現在說這話是不是時候已經不重要了，我們分手吧，學偉，你的幸福不在我手中。」

我一直記得她在墓園裡所說的唯一的一句話，分手兩字在情人眼裡耳中都是如此傷人刺耳的話，她竟然說得讓旁人也同時感覺到她面對分手的痛。

我看著地上一打有餘的啤酒罐，以及另一瓶早已經見底的玫瑰紅，我實在不忍心看著心瑜這樣繼續自殘下去。

但是，我怎麼也拉她不走，她只是拚命地往沙丘裡挖，沾滿了濕泥土的雙手挖出了一個十幾公分深的洞，她把玫瑰紅的酒瓶放進去，嘴裡唸唸有詞的拿出紙筆，不斷的寫，不斷的說。

「明天天亮之後，一切海闊天空。」

「明天天亮之後，一切海闊天空。」

「明天天亮之後，一切海闊天空。」

「心瑜，妳在做什麼？」

「不要管我，讓我寫，讓我說，把所有心裡的痛苦，把我所有想說的，都埋到這個瓶子裡頭，因為我已經沒有寄託了。」

我知道她已經醉了，她開始話也說不清楚，動作也大了許多。

後來，她終於累倒了，躺在沙丘上一動也不動，只剩下一絲絲的力氣，嘴裡還唸著模糊的話語。

我把她背起來，才發現她不像想像中的那麼重。

在樓梯上，她靠在我肩膀上的臉，輕輕碰觸到我的臉，我感覺到一陣溼潤，在我的頰邊磨擦著。

「妳這傢伙，連哭都不讓別人看見。」我輕聲的說著，離我家只剩幾步梯頭了。

「阿哲……早知道……我愛你就好了……我愛你……好了……」

在我正想打開門鎖的時候，我聽見，她這麼說。

—明天天亮之後，一切海闊天空。—

25

過了幾天，邱心瑜行屍走肉的日子似乎有那麼一絲絲回復朝氣的現象出現。

她開始把我不小心越位的鞋子擺回規定的位置裡，電視時間也開始繼續嚴格的執行，就連她妹妹這個局外人佔用了我的電視時間，她都會冷冷的說「把電視關掉，把遙控器擺到李元哲的地盤」。

在咖啡廳裡打工的時候，我們的工時常常是重疊的，所以不是我載她上班，就是她等我一起下班。

但奇怪的是，她不會跑來跟我說「載我回家」，她只會一個人坐在店裡的角落，看著她的吳淡如，聽著她的張學友，等我下班時間一到，她會收拾好東西到車子旁邊等我。

我問她，汪學偉有沒有跟她連絡，她只說了一句「看路」。

她跟汪學偉分手之後給我的感覺，就像是周星馳電影〈齊天大聖西遊記〉裡的那個正常的唐三藏一樣，講話幾乎不超過五個字。

在咖啡廳裡，她點單，我做單，當她把單子夾在待做線上時，她只會說「拿鐵三」。

在家裡，她看電視，遙控器在她妹妹手上，她遇見不想看的節目，只會說「轉台」。

我常常擔心這樣的情緒維持久了，是不是一個人的性情也會跟著變？

隨著一切無感，情緒起伏幾乎呈一直線的不痛不癢；到小沙丘上寫東西，然後丟進那個玫瑰紅的瓶子裡，變成她唯一有表情、有感情流露的動作。

有一天，她突發奇想的赤著腳走去，跛著腳回來，她的腳底被玻璃碎片割了一條裂縫，公寓的樓梯和家裡的客廳，都沾滿了她的血。

邱心蘋很緊張，因爲她很害怕看到血。

我幫心瑜上藥包紮的時候，明明灑上了刺激性的雙氧水，但她的表情卻依然木滯如空。

這天夜裡，八里下著好大的雨。

我剛掛掉韻柔的電話，她的聲音、她的語調讓我覺得好難過，因爲汪學偉依然不去面對她，這對她來說幾乎是一種瀕臨崩潰的傷心。

我連上BBS，打上了新註冊的penguin，信箱裡有幾封不認識的人寄來的信，我沒有心情去看，一一把它們都刪除。

我進到diary版，按下ctrl+p，試圖在一層層的難過、痛苦中找出一些適合的字眼，可以打上白色的字塡一塡黑色的螢幕。

或許黑色的螢幕，像是我黑色的心情吧。

但是我懷疑，白色的字，可以把心情漂白嗎？

經過一番努力，發生的這一切歷歷在目地反覆上演，這劇中的角色，幾乎沒有一個人不掉眼淚，但是那些眼淚，卻換不了任何一個白色的字。

這時螢幕右下方的MSN系統閃爍著，它告訴我有人上線的訊息。

因爲MSN上的暱稱可以隨時變換，所以我一時還沒有看出來上線人是誰，只看到暱稱欄裡不到五個字的暱稱——「海闊天空」。

海闊天空：還沒睡？
金魚、物理、西雅圖：喔！是啊……
海闊天空：睡不著嗎？
金魚、物理、西雅圖：是啊……心情很糟……
海闊天空：我也是……
金魚、物理、西雅圖：妳已經心情不好很久了。
海闊天空：怎麼樣才能讓它好過來？
金魚、物理、西雅圖：妳終於講話超過五個字了。
海闊天空：那我重講。
海闊天空：怎麼樣才能。
海闊天空：讓它好過來？
金魚、物理、西雅圖：妳何必呢？
海闊天空：我很傷心。
金魚、物理、西雅圖：看得出來，妳的傷心已經裝滿一瓶玫瑰紅了。
海闊天空：你知道?!
金魚、物理、西雅圖：怎麼會不知道？
海闊天空：總有一天。
海闊天空：當我把它。
海闊天空：挖出來時。
海闊天空：那就表示。
海闊天空：我已經好了。
金魚、物理、西雅圖：妳何必一定要這樣？

海闊天空：因為我。
海闊天空：不知道。
海闊天空：怎麼樣。
海闊天空：好起來。
金魚、物理、西雅圖：我有一個辦法，但是曾經被推翻過。
海闊天空：說說看。
金魚、物理、西雅圖：時間，以及另一個愛妳的人。
海闊天空：……
金魚、物理、西雅圖：妳也想推翻嗎？
海闊天空：不。
海闊天空：我想試試看。
金魚、物理、西雅圖：想不想知道，推翻我的人怎麼說？
海闊天空：嗯。
金魚、物理、西雅圖：她說，時間，只能證明愛的深淺。
海闊天空：她說的。
海闊天空：或許沒錯。
海闊天空：但是這。
海闊天空：有條件。
金魚、物理、西雅圖：什麼條件？
海闊天空：除非她。
海闊天空：能確定。
海闊天空：自己真的。

海闊天空：愛著他。
金魚、物理、西雅圖：她是愛著他。
海闊天空：但是我。
海闊天空：卻發現。
海闊天空：我其實。
海闊天空：不愛他。
金魚、物理、西雅圖：怎麼說？
海闊天空：不知道。
海闊天空：可能是。
海闊天空：一種習慣。
海闊天空：也可能是。
海闊天空：一種錯誤。
金魚、物理、西雅圖：聽起來妳好像想通了。
海闊天空：並沒有。
海闊天空：因為我。
海闊天空：不能確定。
海闊天空：我想的對。
海闊天空：還是錯。
金魚、物理、西雅圖：……
海闊天空：阿哲。
金魚、物理、西雅圖：我在。
海闊天空：你說，半夜裡的沙灘上，是什麼景象？

金魚、物理、西雅圖：妳超過五個字了。
海闊天空：我想去，你願意陪我嗎？

她跛著腳，從房間裡一跳一跳的出來，她戴上了有色眼鏡，似乎是不讓我看見她哭腫的眼睛。

我揹著她下樓梯，她的髮香與鼻息一絲絲的飄動。

「我重嗎？」

「不會。」

「我麻煩嗎？」

「不會。」

「我任性嗎？」

「不會。」

「我現在可以哭嗎？」

在往沙崙海灘的路上，她抱著我痛哭失聲，我沒有阻止她的眼淚崩潰，我只能一直告訴自己不能哭。

我沒有把那一天我跟韻柔在這裡大喊「祝全世界都幸福」的事情告訴她，因爲那是專屬於我的回憶。

我只是靜靜的陪她站在沙灘上，看著海浪一波一波的打上她已經受傷的腳，聽著她一句一句的狂喊。

「我要幸福。」

—海闊天空，我要幸福。—

26

時間停不下腳步的向前跑著，桌上的日曆不知不覺的拿掉了寫著July、August兩張美麗的風景照，它代表著六十二天的光陰，已經不可能再回來了。

記得一個月前，我帶著晚餐，高高興興的按著韻柔家的門鈴，卻遲遲沒有人來應門的時候，她的鄰居告訴我，她跟媽媽出國去找她爸爸了，大概要好一陣子才會回來。

帶邱心瑜到沙崙那一天之後，我們天天都會在MSN上面對話，儘管我們的距離只隔了一道牆壁，但我卻覺得很溫馨。

心瑜一天一天的慢慢恢復，但是速度很慢，她講話的字數從少於五個字，到現在的不到十個字，給人的感覺雖然還是很冷，不過表情豐富了許多。

因爲邱心蘋學校即將開學，她趁著這個機會陪妹妹一起回到她台南的老家好幾天，一方面回家看看爸媽，一方面治療心裡的傷。

幾天沒有她的聲音，MSN上沒有她的訊息，咖啡廳裡沒有她忙裡忙外的身影，我竟然有點想她。

汪學偉的事業慢慢的爬上巔峰，他成功的推出了一個飲料的廣告，一天在店裡無聊翻著企業型雜誌，居然看到他的報導。

我曾經打過電話給他，要他無論如何去看看韻柔，謝安本的死不是他的錯，韻柔需要他實質上的幫助與安慰。

他給我的答案依然讓人灰心，但我聽得出他無法跨越心理層面障礙的無奈，他只是很眞誠的向我說謝謝。

九月天，在我的感覺裡是橙色的。

我喜歡九月的原因，除了它是我誕生的月份之外，另一個奇怪的原因是它莫名其妙的讓我覺得舒服。

心瑜回到台北那天，我正在晾衣服。她在電話裡告訴我她正在台北車站，問我要不要吃晚餐，她可以順便買回來。

我很吃驚的問她「妳吃錯藥了嗎？」，但我應該料想到她的貼心通常都是有交換條件的。

她說：「沒啊，我好得很，只是我不太想等捷運，我想去喝杯咖啡，我在誠品咖啡等你，我們一起買晚餐回家吃。」

過了幾天，接近我的生日，我奇蹟似的接到韻柔的電話，當我在店裡忙得不可開交的時候，我只能看著手機在檯上響著，因爲振動提示而搖擺著它小小的身軀，來電者「韻柔」兩字不停閃爍著，似乎在催促著我「快接！快接！」

後來韻柔留言告訴我，她想見我，在西雅圖咖啡廳。

心瑜在回家的路上，嘴裡哼著聽不清楚的歌，我不知道她在唱什麼，不過只要是人大概都聽得出來，她不會唱歌。

「妳心情很好？」

「沒有。」

「可是妳在唱歌耶。」

「不行嗎？」

「唱什麼？」

「要你管！」

「講來聽聽不會怎樣吧。」

「看路。」

後來到家之後，我才聽出來她在唱一首沒有人知道的歌，〈證明妳值得〉。

「妳爲什麼會知道這首歌？」我抓著她的手問。

「你自己放在桌上，我不小心看到的。」

「妳會作曲？」

「我會鋼琴，這次回家無聊，試著用鋼琴彈彈看而已。」

「會鋼琴就會作曲？」

「會鋼琴就會彈和弦。」

「妳可以再唱一次嗎？」

「不要。」

「不然妳教我唱！」

「那是寫給誰的？韻柔嗎？」

「對！教我唱好嗎？」

「她是汪學偉的。」

「我知道，但這是我答應她的，求求妳！」

「看心情。」

我不知道她的看心情是看怎樣的心情，但我想想還是算了，求她沒用，不如靠自己。

我到西雅圖的時候，已經是晚上了。

韻柔坐在她的老位置上，她見我進來，指了一指我的老位置，拿了紙筆給我，要我到裡面去坐。

一個多月沒見，她的臉色很差很差，我有一種奇怪的感覺。

一切回到相識那天一樣的情景，不同的是，她先寫紙條給我。

「謝謝你，阿哲。」

「謝什麼？」

「之前一陣子，你時常到我家來照顧我，謝謝你。」

「不謝，我也只能這麼做。」

「其實今天約你出來，是要給你一個東西的。」

「什麼東西？」

「等會兒你送我回到家之後，我會拿給你的。」

「嗯，好。」

「說完了謝謝，我想跟你說抱歉。」

「為什麼要抱歉？」

「在我要給你的東西裡面會有答案，現在送我回家好嗎？」

「這麼快？」

「對不起，因為我身體不舒服。」

她勉強擠出一些微笑，指了指門口，揚著眉對我示意著。

我跑出吸煙區牽著她，但她輕輕的拿開我的手。

「我自己走就好。」

我看見她幾乎沒有血色的嘴唇，以前烏亮的長髮現在卻失去了光澤，額頭上佈滿了大小汗珠，臉色幾近蒼白，我不禁覺得奇怪，韻柔到底怎麼了？

當我還在想著她爲什麼會突然變得這麼虛弱的時候，她正在推開西雅圖的玻璃門，下一秒鐘的情景，一瞬間讓我失去了說話的能力。

韻柔從急診室被轉到腦神經科，韻柔的媽媽也在這個時候趕來，我們全然不知道韻柔到底是生了什麼樣的病，拚命地追問醫生跟護士，他們卻只是說：「這位小姐因爲急發性癲癇被送到醫院來，但這種情形有很多，我們無法馬上確定，我們已經安排X光照射與斷層掃瞄，一有結果，我們會馬上通知你們，麻煩你們不要離開這裡。」

那一天是二〇〇一年九月五日，我跟韻柔的媽媽，還有心瑜呆坐在病房外，等著醫生告訴我們診斷的結果。

已經待在醫院裡三天的韻柔，每天要吃比平常重三倍量的止痛藥，卻依然沒有辦法壓制她一天比一天嚴重的頭痛。

她不時感覺噁心，有時有突然讓人來不及反應的噴射性嘔吐，意識也常在模糊不清的情況下，甚至有昏迷的現象。

後來醫生使用了最先進的磁振照影之後，他走到我們面前，告訴我們韻柔診斷出來的病症。

「之前的X光片以及電腦斷層的結果出來之後，我們曾經懷疑過她的真實病症，她的腦內壓相當大，也有異常的血管壓痕、顱內鈣化的現象，磁振照影確定了她的病症，我們接連檢查了她身體其他的部份，沒有發現其他異常。或許我說的你們不太清楚，簡單的說，她有星狀細胞瘤，也就是所謂的原發性腦瘤。」

——……——

27

我突然覺得時間變得很慢，很慢，慢到我似乎已經身在兩千零一年的最後一天，而身邊所有的人都還在橙色的九月裡一樣。

我不知道為什麼會有這樣的感覺，我每天都在想，為什麼這種時間感與現實的區隔會這麼大？有時候想著想著，會忘記自己在騎車，忘記身後有個每天跟我一起上班的邱心瑜，也忘記路口有個許久未修補的大窟窿。

常常都是邱心瑜往我的安全帽上重重一拍，我才可以閃過。

咖啡廳裡的工作，我開始出錯，一塌糊塗的結果，心瑜都靜靜的幫我收拾，有時地上的玻璃杯碎片我也忘了清除，客人踩到嚇了一跳，店長罵我辦事不力。

三樓要的冰摩卡，我送到二樓，一樓露天桌要的下午茶蛋糕，我給他乳酪，二樓的化妝室每天都要打掃，我只清了男用廁所。

帶著身上所有的積蓄，我打算到南陽街去報名研究所補習班，結果在麥當勞吃完午餐，我整個背包忘了帶走，四萬塊也就這樣弄丟。

我打電話回家求救，媽媽的聲音讓我差點在電話的這一頭痛哭失聲，她要我回家好好休息一陣子，研究所每年都可以考。

晚上，在MSN線上的名單，無故多了幾個大學時的好朋友，但我並沒有回覆他們給我的訊息，因為每天只有這個時候，心瑜會在牆壁的那一頭敲著鍵盤跟我說話。

後來我漸漸知道自己為什麼會跟現實的時間產生了區隔。

因為我已經做好所有難過與傷心的心理準備，甚至已經在那一天下午度過。

汪學偉終於來到了醫院，在韻柔說服了父母親及在場的所有人，她不願意接受開刀的治療之後，醫生只是要我們好好陪著她，其他什麼話都沒有說。

汪學偉辭去了他的工作，他每天都在醫院裡陪著韻柔。

有時候他會買來一大堆蘋果，讓我們每個人都有，他則細心的削去蘋果皮，磨成蘋果泥，用湯匙一口一口的餵給韻柔吃。

韻柔喜歡看書，他買了一大堆女性雜誌給她，後來他才發現，韻柔喜歡看的不是雜誌，而是一些翻譯小說，還有藤井樹的故事。

心瑜把她寫好的曲拿給我，要我去找富貴幫忙，借一下YAMAHA的鋼琴，她才有辦法教我怎麼唱。

「妳現在該教的是汪學偉，不是我。」我看著心瑜，微笑著說。

「如果你不想學，我就不想教了。」

直到後來我也不知道這首〈證明妳值得〉到底怎麼唱，我只知道汪學偉用這首歌，在醫院裡向韻柔求婚了。

九月，橙色的。

之所以是橙色的，是因爲它不太下雨，也已經沒什麼颱風，所以九月裡每天傍晚，透過樹梢與葉縫間，你會看見一道道橙色的光痕，滴落在茵綠的草坪上。

我不想去記得那一天是九月幾號，但是我記得了。

我不想去聽韻柔在那天對所有人說了什麼，但是我聽了。

我不知道是什麼樣的力量讓她一個人獨自去承受那些即將要失去所有的悲慟，她勇敢的程度，讓所有人都爲之心碎。

她在每一個人的耳邊輕語，她的母親、她的父親、心瑜、她自己的好友們，以及她的先生汪學偉。

當汪學偉靠近她嘴邊的同時，她示意著要所有人離開病房，並且在汪學偉離開之前，不要進去打擾她。

「祝全世界都幸福。」

她在我耳邊輕聲說著的，是這一句輕易撕碎我心口的話。

一個多禮拜之後，戚媽媽帶著韻柔的骨灰，以及她所有的行李，要汪學偉載她到海邊去。

把骨灰撒向大海這樣看似一件淒涼絕美的事，爲什麼當時在我來說卻格外的刺眼？

當骨灰飄揚在海與天之間，我第一次看見汪學偉哭到沒辦法說話，他重重的跪在滿是礁石的地上，穿著一身白色的西裝，手裡拿著一張紅色的喜帖，沒有多久時間，喜帖上滿滿的都是他的淚。

心瑜靠在我的肩膀上，她終究也止不住哀傷的淚水。

我拍了拍汪學偉的肩，點燃了這近三個月來的第一根煙，遞給他。他向我借了打火機，把喜帖燒毀，黑色的紙灰也被海風吹走，隨著骨灰撒向另一個屬於韻柔的世界。

戚媽媽搬離了台灣，到了新加坡戚爸爸工作的地方。在上飛機之前，她拿給我一包用牛皮紙袋包著的東西，上面貼著新加坡的郵票，寫著的是我家的地址，以及我的名字。

「這是韻柔要我交給你的，她要我轉達一聲謝謝你。」

那裡面是一封信，還有一卷錄音帶。

阿哲：

先向你說聲對不起，我跟媽媽臨時決定要到新加坡找爸爸，這一個月來謝謝你每天的照顧，沒向你說一聲就離開，我很抱歉。

新加坡是個好地方，空氣與環境都跟台北有天壤之別，我真希望你現在就在我身邊，我們可以手牽手一起走遍這裡所有美麗的景點。

我想問你一個很自私的問題，如果我選擇了跟你在一起，但心裡卻還是想著學偉，你會願意跟我交往嗎？如果我們在公園裡手牽著手散步的時候，我卻幻想著你是學偉，你會恨我嗎？

我想，你是會的吧。所以我不能選擇跟你在一起，因為愛情裡一旦有了自私，就永遠不會有結果的。

我不知道這封信多久會到你的手上，但我想請你答應我，這封信裡有一個秘密，你一定要替我保守住，好嗎？

我就當你先答應了，我才能很放心的告訴你。

前些日子在台灣做的全身檢查報告，在媽媽看見之前，就已經被我先從醫院裡拿走了，我知道自己的腦袋裡有會傷害我的東西存在，但醫生告訴我他不能確定那是什麼，但是我有預感，自古紅顏多薄命這句話，可能會在我身上應驗。

雖然你不一定認為我是紅顏，但看在我這麼喜歡你的份上，你就勉為其難的點點頭，好嗎？

我喜歡你，阿哲，對我來說，你就是我的天使，就像我是你的天使一樣，只是不同的是，我是你的西雅圖天使，你卻是我生命裡唯一一個不求任何回報的天使，我住在你生命中的西雅圖，而你住在我心裡的最深處。

我恨上帝要把人對愛情的感覺分成喜歡與愛兩種，因為這讓我很明白，卻也很痛苦的不能對你表示我的感情，因為我深深的喜歡你，但卻深深的愛著他。

好痛苦，你知道嗎？

當我每次看見你一個人從我家巷口騎著機車離開的時候，我都會問自己，我這麼做對嗎？我每天都期待可以聽到你的聲音，看到你說笑的表情，但我卻更希望可以聽見他的聲音，看見他說愛我的表情。

因為喜歡與愛永遠不一樣，所以我們終究還是沒有牽手的機會，是嗎？

喜歡與愛什麼時候可以一樣，我就什麼時候可以偎在你身旁。

我好糟糕，阿哲，我不斷的問你真愛在何方，卻沒想到真正愛我的真愛，卻早已經出現在我身旁。

夜深了，阿哲，正在台灣的你，現在應該正在美夢當中吧。

我錄下我的聲音陪你，因為即使我愛著他，我依然希望我深深喜歡著的人，可以永遠都不孤單。

柔二〇〇一年八月二十三日凌晨三點五十七分

看完信，我試圖忍住我的悲傷。

但當我播放錄音帶那一刻，淚水輕易的奪眶而出。

小男孩，喜歡我，請你不要告訴我，我知道，我明瞭，因為我心已屬於你，我喜歡你，只是不敢告訴你，海枯石爛，我永遠都不離開你，那魯灣，那魯灣，那魯灣，那魯灣，那魯灣，那魯灣，那魯灣，伊呀那呀嘿。

阿哲，這首歌是你教我的，我現在把它送給你，也深深的謝謝你。

祝你幸福，祝全世界都幸福。

—我住在妳生命裡的西雅圖，而妳住在我心裡最深處。—

28

「謝謝店長。」

在咖啡廳打工的最後一天，十一月份的到勤卡已經打到最後一格，店長收回了我的制服和圍裙，另外交給我十一月份的薪水。

「阿哲，在我的店裡工作過的員工，在離開的那一天，我都會親自交給他最後一份薪水，除了表示一種相互的感謝之外，最主要的，是我在薪水袋裡放的一枚特別的鈕扣。」

「鈕扣？」

「是啊，這些鈕扣是我每半年一次到巴西買咖啡豆的時候帶回來的，它是咖啡豆做的，整個巴西只有一個地方買得到，他們告訴過我這種鈕扣的名字，但是我一直沒能把它記下來，因爲我自己爲它取了一個名字，叫做Dream fastener。」

「Dream fastener？夢扣子？」

「你要這麼翻譯也行，我取這名字的意義，是來自扣子上特殊的羽毛雕，它給我象徵夢想飛行的感覺，所以我自己叫它Dream fastener。」

「這名字取得好，謝謝店長。」

「祝你當兵順利了，阿哲。」

我步出咖啡廳，向裡面的同事揮手道別。

今天心瑜沒有上班，她正為了第二部份的畢業論文傷腦筋。

時間一聲不響的推進到十一月，台北冷了。

下了認命去當兵的決定，是在一個月前，雨聲開著他買的CRV，載著富貴到我家樓下拚命按喇叭，結果被樓上的鄰居丟盆栽抗議那天決定的。

看見雨聲被丟盆栽跟下決定去當兵有什麼關係？

沒有，完全沒有關係，只是很碰巧的在我下決定的當時雨聲跑來找我而已。

他問我為什麼突然要去當兵？很多還在醫學院念五年級的同學都知道要怎麼逃避兵役，打個電話花點小錢請吃一頓海產就可以靠人情買張免役證明了，為什麼要花兩年的時間去那種幼稚無聊的地方？

我只是笑一笑，並沒有回答他。因為只有我自己知道我為什麼要去當兵，而原因是他連聽都不想聽的。

我對人生的另一種領悟。

領悟這種東西對雨聲來說等於是教訓的累積，但他樂天的個性使他對教訓的定義範圍變得狹小，因為他得到的教訓，都會認為那是所謂的不小心。

但我不一樣。

我之所以會說是「另」一種領悟，原因有很多，但要總結出一個可以用嘴巴去表達的說法卻令我口結。

大概是韻柔的死給了我一個領悟的起點，而她走了以後所發生的一些事變成了所謂的細節，以及自己去思考揣想定義後所得到的一些答案讓我有了這所謂的另一種領悟。

韻柔死後沒多久，心瑜生了一場病。

我每天載她到學校去上課時，總會聽見她在後座悶著口鼻嚴重的咳嗽聲，下午載她下課回家總得替她倒水盯著她要吃藥，因爲她還是不會照顧自己。

一天晚上，雨下得很大，她高燒不退，從八里要把她載到醫院有一段很遠的距離，所以我決定要去找醫生來看她。

但是她拉住我的手，要我去拿毛巾包著冰塊來敷在她的額頭上。

「我的身體我很了解，我媽都是這樣治我的高燒的，明天睡醒一定會好。」

她這麼跟我說。

整夜我都坐在她的床邊看著她，直到我累到睡著；當我醒來的時候，我感覺我的雙腳麻得不聽使喚，低頭一看，原來她躺在我的腿上。

晚上的MSN線上，她很少出現，因爲她的畢業報告越來越多，不過當她忙到半夜，功課到了一個段落之後，她會來敲敲我的門，問我睡了沒有，她想邀我到頂樓去聊天吹海風。

她跟幾個月前完全都不一樣，我甚至可以看見她的改變。

當初她明定的家裡的界線，她全部都拆掉了，電視遙控器似乎變成我的一樣，每當她要轉台之前，她都會問我「我們看別台好不好？」，我買的大瓶純喫茶也不再需要一次喝光，因為我已經可以把它放在原本屬於心瑜的地方；甚至有時洗衣機裡我的衣服忘了拿去曬，當我猛然想起時，那些衣服不但已經是乾的，而且還已經摺好放在我的床上；鞋櫃裡不再有分界，我的鞋子也常擺在她的高跟鞋旁邊，只不過畫面不太搭調。

令我最吃驚的一件事就是嘻嘻的魚缸。

我一直沒有發現魚缸變大了，也不知道嘻嘻的飼料換了口味，我只記得我有一陣子忘了去餵牠，心想金魚幾天不餵死不了，沒想到嘻嘻卻換成心瑜在照顧，而且還幫牠搬了新家。

「你不用想太多，我只是覺得魚缸太小，放在櫃子上不太搭調，我才幫牠買個大一點的。」

當我指著魚缸，用驚訝的表情問她時，她這麼跟我說。

而那一天之後，嘻嘻好像變成她的一樣，她有時還會發神經跟牠說話。

小沙丘上玫瑰紅瓶子早就被她塞滿了紙條，但是她還是沒去挖。

記得她說過如果她好了，她就會把它挖起來。我本來想去問她，想想算了，她的瓶子、她的心事，我不方便去管她。

十月裡的一個天氣很好的星期天，我剛從咖啡廳打工回來，心瑜在MSN上約我去看電影，她有兩張同學送的電影票，如果今天不看就過期了。

「為什麼妳不當面約我，要用MSN？」

「我沒約過男孩子看電影，我會不好意思。」

後來我發現她眞正不好意思的，是她的髮型，因爲她去燙了離子燙。

「好看嗎？阿哲。」

「我想說難看，但是我說不出來，因爲我不會說謊。」

她看著我，笑得很開心。

「我好了，阿哲。」

「我知道妳好了，我們可以出門了吧？」

「不是，我是說，我、好、了！」

她笑開了嘴看著我，伸手拉了一拉她剛燙好的頭髮。

我花了五秒鐘去想她所謂的「她好了」是什麼意思，了解了以後，我也對她笑了一笑。

「恭喜妳。」

「謝謝。明天，我要去把瓶子挖出來。」

「妳終於想起來啦？我還以爲妳壓根忘了這回事。」

「不可能忘記的，不可能忘記。」

—另一種領悟，另一種故事的結果。—

29

我要離開八里了，這個在短時間裡有我好多好多回憶的地方。

我在收拾行李的時候，心瑜從MSN上問我要搭幾點的火車，我問她為什麼不當面問我，而要透過MSN？她說她會不好意思。

「下午四點三十三分，自強號。」

我故意在她的房間外面大聲喊，她罵我混蛋。

隔天，我沒有聽見小叮噹的聲音，也沒有聽見機槍戰士的聲音，但心瑜一早就自己出門了，只留了一張紙條，跟一份早餐在桌上。

阿哲，我第一次幫你準備早餐，怎樣？我還算是個溫柔的女孩子吧！今天有小考，我得早一點到學校刻鋼板，下午你回家，我就不送啦，跟你當了半年的室友，有一句話想送你：你真的挺不錯的啦！

看完，我也在邱心瑜的房門上留下了另一張，但我心裡突然有一種奇怪的感覺，奇怪到我不知道要寫些什麼，所以我只寫了「Bye」。

我第一次打電話給房東，要他來看看我收拾的是不是合他的意。房東約我在公寓樓下等，他要退我半年的租金。

本來契約上約定，提前退租是不予退費的，但房東堅持要把房租退還給我，我左思右想，不知道原因是什麼。

直到他們到了公寓我才知道，原來他們是一對已經高齡七十多歲的老夫婦，他們不缺錢，只是不想這間房子沒人住。

我即將搬離這間住了半年的公寓，回我高雄的家。因為在十二月的耶誕節前夕，我就要入伍了。

雨聲因爲天生的脊椎側彎超過了法定的角度，所以不需要當兵。他找到一個研究助理的工作，是以前的學長替他介紹的。他說當研究助理很爽，可以學到實務的經驗，還可以跟教授打成一片，明年要上研究所的路已經不再那麼遙遠。

雨聲還說富貴準備要到國外去深造，如果確定成行的話，他們會先訂婚。

我被這個消息嚇了一跳，這句話從雨聲口中講出來一點說服力也沒有，曾經是個情場飄泊人的他，竟然有了結婚的念頭。

後來富貴在他的身後補上一句「我就是要嫁給他！」，我才發現，他們的感情很堅定，動搖對他們來說不容易。

看著他們，我想起我跟沁婷。

沁婷離開我這半年多的時間，說長一點都不長，說短我肯定它一點都不短，雖然她當時去意堅決的眼神還很清晰，但我還是偶爾會想起她。

沁婷念的是外文系，她主修日文，因爲她對日本的一切有很大的嚮往。曾經我問過她，日本曾是屠害中國最嚴重的殺手國家，爲什麼她還對日本如此的迷戀？

她回答我：「歷史所發生的一切是人類的教訓，跟我的迷戀無關。」

我一直記得她說這句話的時候，眼睛裡所散放出來的氣勢，因爲這樣的氣勢，我深深的被她吸引，甚至曾有那麼一瞬間，我有過願意爲她的日本崇拜而攻打珍珠港的想法。

但是這一切都過去了，沁婷後來選擇的也不是日本人，而是一個喝過洋湯、吃過洋肉品的麥克基。

我不說洋墨水的原因，是因爲我覺得他根本還不知道洋墨水是什麼味道。

我一直沒有提到汪學偉，是因爲我也不知道他在哪裡。

韻柔走了之後，他也沒有回到他原來的公司，戚媽媽曾經要他到新加坡幫戚爸爸的忙，但我不知道他有沒有答應。

後來有一次在路上看見他的黑色敞篷賓士，但車上的人不是他。

我厚著臉皮去問那個駕駛爲什麼開汪學偉的車？知不知道汪學偉去哪？他只是給我一個看到神經病的眼神，然後一副不可一世表情地開走。

我說了這麼多，結果我的雙腳還站在原地。

我回頭看著公寓，心裡有好多好多的捨不得，但是我不知道我在捨不得什麼，總覺得我好像在找理由，找一個很好的理由要自己再留下來。

我騎上機車，目的地原本是台北火車站，但卻不知不覺的騎到了沙崙，當初那個我跟韻柔一起向大海要幸福的海灘。我似乎看見那一群大學生，也看見韻柔，在夜裡的海灘上嘶喊的情景。

我又不知不覺的騎回咖啡廳，雖然才一陣子不見，店長一看見我，還是馬上端了一杯咖啡給我，順便檢查他送我的那個Dream fastener。

離開了咖啡廳，我經過以前跟沁婷在一起時住過的那條小巷子，彎進去一瞧，發現多了一家萊爾富，對面也開了一家全家便利商店，巷口那間7-11不再獨龍這一個小區域的市場。

一整個中午我都在騎車，因爲我突然想起一個地方。就是韻柔跟我們所有人說再見的地方。我站在那個崖上，海風跟那一天一樣大，我一個人坐在機車上有些搖晃。

想起那一天，我不禁有些鼻酸。

「再見了，韻柔。」

我擦掉一滴偷偷掉出來的眼淚，終於心甘情願跟她說再見。

來到台北市，我的機車沒油了，我騎進加油站裡加油，卻發現這座加油站蓋在以前汪學偉的公司對面，我看了看那棟建築物，再看一看那時機車被吊走的地方，突然好想大笑幾聲。

後來我也騎到了韻柔以前的家，現在那裡已經被另一個家庭進駐，門牌旁邊掛著的姓氏是劉。本來戚媽媽種的一些九重葛與白玫瑰，現在已經變成了幾株我叫不出名字的園藝樹。

逛了這麼多地方，就算再怎麼留戀，再怎麼依依不捨，我還是得離開台北。

但時間已經超過下午四點三十三分，我的火車已經走了。

我把機車騎到運送處，另外買了一張票，揹著我的大登山背包，拎著我的嘻嘻，在車站大廳呆站著，仰頭嘆了一口氣，「再見了，台北。」

「再什麼見啊？」

有人在我耳後喊了一聲，我嚇了一跳，回頭一看，是心瑜，裝著一副鬼臉看著我。

「妳幹嘛嚇人？妳怎麼在這裡？」

「送你啊。」

「妳不是說不送了嗎？」

「我今天鋼板沒刻完，考試都不會，隨便寫一寫就交了，所以下課得早。」

「這跟送我有關係嗎？」

「下課早就可以來送你啦，笨！」

她拉著我，快步地往地下的候車室走去，一面伸手搶過我的票，看了看時間，離我的車離站還有七分鐘。

「你會不會渴？我幫你買飲料。」

「不會。」

「那你上車後一定會無聊，我幫你買報紙。」

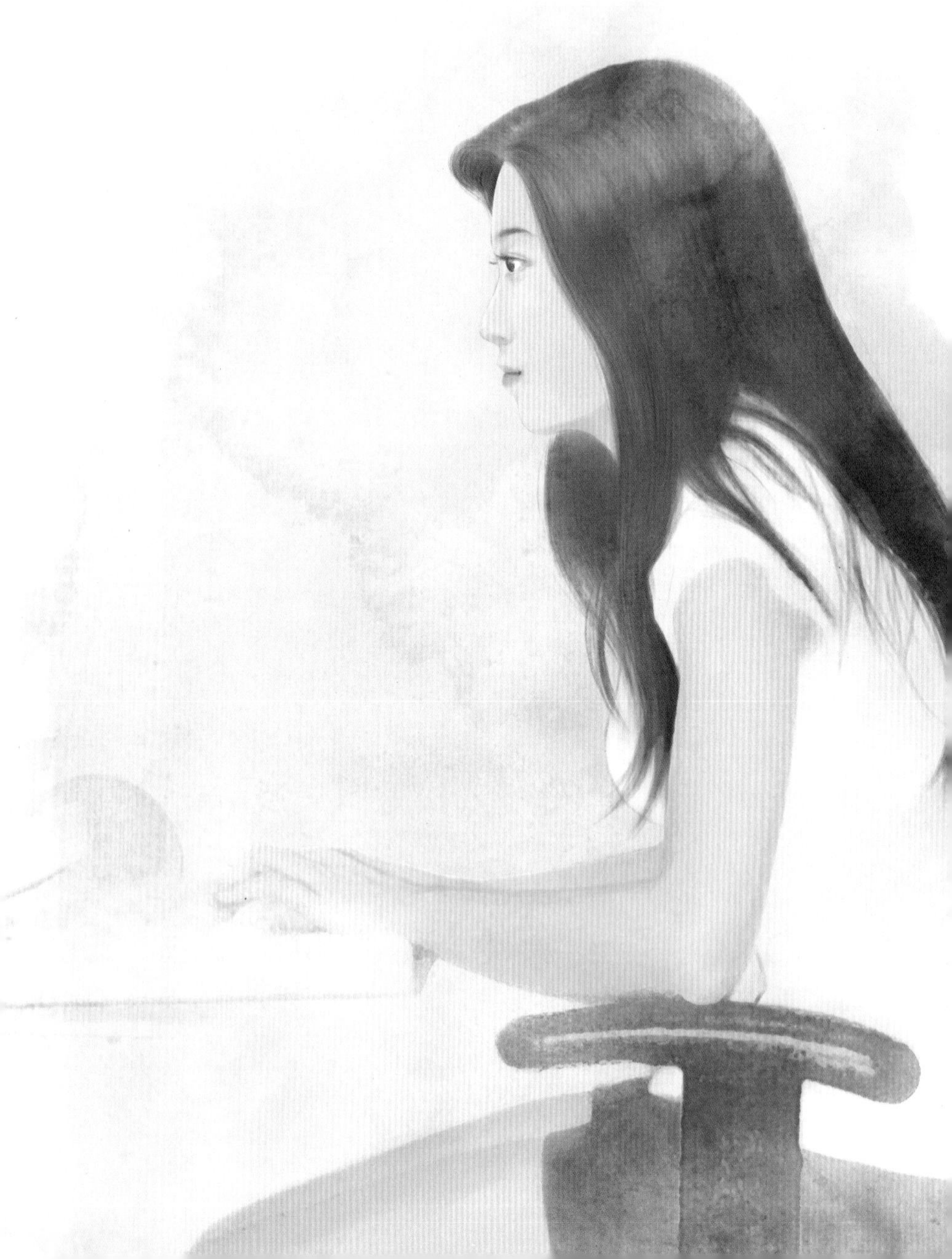

「不會。」

「那雜誌？漫畫？還是你喜歡看書？我有帶杜斯妥也夫斯基的書喔，你要看嗎？」

「不要。」

「那你一定餓了，我去幫你……」

「心瑜，妳那根筋不對啊？」

「沒啊，最後一次可以關心你的機會耶，讓我表現一下嘛。」

說完，她就跑開了，我不知道她到底要去哪裡，她這些反常的對話到底是爲什麼？

後來，剩下三分鐘的時候，她還是沒有回來，我揹起行李，拎著金魚，過了剪票口，聽見廣播的聲音。

「十七點二十四分，十七點二十四分開往高雄的自強號列車，在第二月台就快要開了，還沒有上車的旅客，請趕快上車。」

我站在電扶梯上，不時往後看，我不知道心瑜到底到哪去了，但我也奇怪著自己爲什麼要找她？她又沒有要跟我回高雄，我替她擔心趕不上車子幹嘛？

但在我踩上火車的那一秒鐘，我聽見她的叫喚聲，我竟然有一種興奮的感覺，而且莫名其妙的快速蔓延。

「這是飲料、報紙、杜斯妥也夫斯基的書，還有麵包……」

「妳還眞的跑去買啊？」

「少囉嗦！我不知道你要吃什麼，所以我買了鐵路便當，你到高雄要搭很久的車，在車上一定會餓。」

「我吃不了那麼多啊。」

「吃不完分給別人吃。」

「別人我不認……」

當我這句話還沒說完的時候，她要我轉過身去，然後塞了一個東西在我的背包裡。

「在哪裡當兵要告訴我，我會去看你。」

「妳怎麼……」

「男生不是都喜歡美女去面會嗎？還是你嫌我不夠美？」

「不是，妳……」

「好了，上車吧，車子要開了。」

鐵路管理員吹著哨子，揮著手，示意著要心瑜後退。

我上了車之後，心瑜看著我，揮手向我說再見。我以爲她會追火車，但是她沒有，自強號的速度很快，她一下子就消失在我的視線裡。

爲什麼我會以爲她會追火車？我一直在想這個問題。

台北好冷，火車裡也是。

後來，我打開背包翻了一翻，找到那個心瑜塞到裡面去的東西。

那是個瓶子，玫瑰紅酒的瓶子。

我一直以爲裡面塞滿了她的心事，沒想到裡面只有一張紙。

「我喜歡你，阿哲。」

後來我打電話問她，爲什麼她不直接告訴我，而要用瓶子裡的紙條說？

她說她會不好意思。

為什麼妳不直接告訴我？

我會不好意思。

後記

後記是用來幹嘛的？其實我不太清楚，因爲我不是寫小說的料，也不是說故事的料，但我會把這個故事說出來給你們聽的原因，其實是因爲我太閒。

是的，你們沒看錯，我眞的太閒了。

下部隊之後，我被分發到離我家只有三十分鐘車程的砲兵指揮部，位在高雄縣大樹鄉，一個當地人稱之爲「仁美」的地方。

因爲某個學長的關係，我覺得大樹鄉這個名字取得很巧。他說當初分發的時候被派到大樹來，他有點錯愕。

「藤井樹被派到大樹，好像注定的一樣。」

一天夜裡，我們許多人在他的辦公室裡聊天，他這麼說。

我不敢相信我居然會跟他在同一個營區當兵，更不敢相信竟然會跟他同一個連隊。

最扯的是，我居然睡在他的上舖。

他是我見過脾氣最好的軍人，也是做事最有風格與典範的軍人。

「爲什麼我會這麼誇他？我舉個例子你們就會懂了。

記得我第一次看見他的時候，是下部隊剛滿一個禮拜的晚上。晚點名之後，他把所有人都留下來運動運動，做做伏地挺身。

這一個禮拜裡面，幾乎每一個班長、排長我都見過了，帶隊操練的手法與習慣也都領教過，幾乎每一個班長、排長帶隊，連上的弟兄都有點不太情願的感覺，就唯獨他，被視爲所謂的「傳說中」。

當連長離開，他站到部隊前面時，隊伍中每一個人的表情都明顯的不一樣；變得輕鬆，但不失分寸。

「照慣例，晚點名我在，那我們就來動一動，新來的還不懂規矩沒關係，過幾天就會習慣了。」他站在隊伍前面說著。「既然照慣例做運動，我也照慣例問一下，身體不舒服的，不敬禮自動出列。」

他說完，沒有人出列。這個問題幾乎每一個長官都會問，所以我也覺得沒什麼兩樣。但當我以爲要開始動作的時候，他又說話了。

「沒有人身體不舒服？那心情不好的，一樣不敬禮自動出列。」

心情不好？我第一次聽見有人這麼問的。而且他的問題對學長們來說，似乎每一個人都習以爲常，沒有人覺得奇怪。

「最近是心情低潮期的？跟女朋友吵架的？有男性生理週期的？」

他說完，學長們笑了一笑，但就是沒有人會出列。

「最後一個問題，體能不想做的出列。」

這時有個學長在隊伍裡舉手說話了。

「子雲，不用問了啦，你帶隊沒有人會出列的。」

這句話引起很多人的附和，我不敢相信在部隊裡，居然會有被操還很高興的情形存在。

他帶著我們做體能的同時，還不斷的強調，一有身體不舒服的情況，或是撐不下去的時候，就自動出列，不需要報備。

他總是第一個趴下去，最後一個起來。

曾經有人質疑過他的做法，說他太人性化，而且他的做法不是軍人的做法。

「戰場上，你難道要問你的弟兄『不想打仗的自動出列』嗎？」這樣的問題，連長曾經當面訓斥過他，他並沒有回答。

當我鼓起勇氣問他的時候，他給我的答案是：

「今天如果中共打過來了，我相信願意跟著我衝鋒陷陣的人，一定比跟在連長後面的人要多得多。」

心瑜到部隊來看我的時候，還故意帶了他的書來請他簽名，但是他當時不在營區裡；因爲他是傳說中的藤井樹，幾乎沒有人知道他會在哪裡出現。

從當兵到今天這六個多月裡，每一次放假的時候，心瑜都會從台北搭車到高雄來等我，

即使她的畢業論文、學期報告的份量很多。

記得我還在新兵訓練中心受訓的時候，我打電話給她，那個時候她正埋首在論文當中，當她的聲音從話筒裡傳進我的耳朵，我有一種想哭的感覺。

在軍中收到女孩子寫的信，會比收到支票還要高興。

在中心受訓的一個月裡，我一共收到三十八封信，裡面有三十三封是心瑜寫的，而我在中心裡的時間只有三十五天。

三十三封信的內容都是些什麼？如果我說內容都是她論文的進度、台北的天氣、生理期的壞心情，還有學校裡的餐廳菜色，你們信是不信？

頭髮還沒有長出來的時候，我幾乎不太敢沒有戴帽子就出門去，但她會拉著我，把我的帽子脫掉，還很正經的對我說，「你是跟我出去，不是跟別人的眼光出去。」

記得我第一次放假，她一個人搭車到台中成功車站的大門口等我，那時眼前一片人海，每一個阿兵哥久未換上自己的便服，久未呼吸自由的空氣，每一個都像是打了一針興奮劑一樣，這時成功車站裡的阿兵哥像是身在收復的失土裡一樣，每個人都在找尋著多年不見的親友。

當我看見心瑜一個人站在成功車站的功字下面，我想起她在電話裡跟我說的話。

「不管那時候會有多少人，場面會有多混亂，我一定會守在功字下面等你，一步都不會離開。」

我不知道爲什麼會衝上前去抱住她，我只知道我再不這麼做，我一定會後悔。

心瑜上禮拜第一次到我家吃晚飯，在我要收假之前。

那是我第一次看到她洗碗，我的下巴垂掉在地上好幾分鐘之久。

在我的房間裡，心瑜看到那缸金魚，她說她下次到我家的時候，會帶另一隻金魚來陪嘻嘻。

我問她爲什麼，她笑了一笑，然後很認眞的看著我說：「我再不這麼做，我一定會後悔。」

我說了，我是太閒了才會說這個故事給你們聽。

因爲當兵如果業務量不重的話，時間眞的很多很多，多到你會覺得空虛，生命像關不起來的水龍頭一樣。

心瑜是不是我女朋友？我不知道，相信你去問她「阿哲是不是妳男朋友？」，她一樣會給你「我不知道」的答案。

一次，她問我爲什麼不承認她就是我的女朋友？

我說我會不好意思。

【全文完】

我們不結婚，好嗎

網路連載愛情小說心動發行

藤井樹 著
Hiyawu

這是我第一次進到他的房間。
淺米色的房間，棕色的衣櫥，DIY木地板，
綠色格子窗簾，淡藍色直線條床單，海豚圖樣枕頭套，
木黃色桌椅，以及一本白色的日記。
「我們不結婚，好嗎」
這是那本日記封面上唯一的一行字，
用他最喜歡的紫色水性筆
寫的，旁邊還畫了個小腳印，
塗成黑色的小腳印。

藤井樹Hiyawu

行蹤經常出現在政大貓空、清大楓橋、成大貓咪、中原電心BBS站上，《我們不結婚，好嗎》一度成為版友通緝及追逐的「話題小說」。hiyawu.bbs@bbs.cs.nccu.edu.tw：一個經常被版友擠爆掉的信箱。

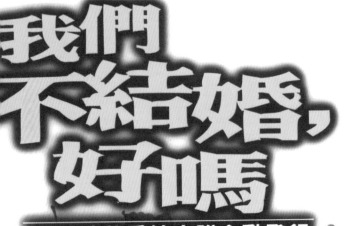

網路小
Novel@

貓空愛情故事

你相信這世界上有天使嗎？天使不一定要長著白色翅膀，拿著仙棒，飛在空中的，才叫天使。
天使可以是身邊任何一個人，任何一個……可以讓你的感覺滿出來的人。
雖然幸福不會輕易地證明，天使也是，但，只要遇見你的天使，自然，你就會知道，愛情的樣子。

藤井樹
Hiyawu
著

以《我們不結婚，好嗎》一書，受到BBS STORY版網友的高度注意，
《貓空愛情故事》連載期間，更首創網友爭相閱讀、搶奪「第一個看完」排名的紀錄
《貓空愛情故事》，一個令人「心酸酸的」、藤井樹真心投入的愛情創作！

網路小說
Novel@Net
011

這是我的答案

藤井樹 著

感情的流失是沒有知覺的，當你已經愛到不知何為愛的時候。
所以，我從不問我自己有多愛她，我只問自己有多少愛能給她。
把一切化為行動，讓她清清楚楚、明明白白的看穿我的真心，
這就是我的證明、我的答案。

有個女孩叫Feeling

藤井樹@著
Hiyawu

曾經，有個女孩，讓我付出，
直到所有感覺被抽空，像是一根煙燒到了尾末；
曾經，有個女孩，讓我感受，
愛情是完全沒有投資報酬率的東西，
只要能感覺到一絲絲的被愛，
就可以滿足或彌補自己過去的、曾經的那些所有付出；
曾經，有個女孩，讓我體會，
愛上一個人，總是會不自覺的墮落，
幸福儘管遙不可及，卻依然像是海市蜃樓般的接近。
曾經，有個女孩……有個女孩叫Feeling……

國家圖書館出版品預行編目資料

聽笨金魚唱歌／藤井樹著.--初版.--
台北市：商周出版：城邦文化發行；民 91
面：　　公分.　--（網路小說：30）
ISBN 986-7892-61-5（平裝）

857.7　　　　91014054

聽笨金魚唱歌

作　　者／藤井樹
責任編輯／楊如玉
主　　編／黃淑貞

發 行 人／何飛鵬
法律顧問／台英國際商務法律事務所　羅明通律師
出　　版／商周出版
城邦文化事業股份有限公司
台北市中山區民生東路二段 141 號 9 樓
電話：(02) 2500-7008　傳真：(02) 2500-7759
email：bwp.service@cite.com.tw
發　　行／英屬蓋曼群島商家庭傳媒股份有限公司城邦分公司
聯絡地址／台北市中山區民生東路二段 141 號 2 樓
書虫客服服務專線：02-25007718・02-25007719
24 小時傳真服務：02-25001990・02-25001991
服務時間：週一至週五09:30-12:00・13:30-17:00
郵撥帳號：19863813　戶名：書虫股份有限公司
讀者服務信箱 email：service@readingclub.com.tw
歡迎光臨城邦讀書花園　網址：www.cite.com.tw
香港發行所／城邦（香港）出版集團有限公司
地址：香港灣仔軒尼詩道 235 號 3 樓
email：hkcite@biznetvigator.com
電話：(852)25086231　傳真：(852) 25789337
馬新發行所／城邦（馬新）出版集團
Cite(M)Sdn. Bhd.(458372U)11, Jalan 30D/146, Desa Tasik, Sungai Besi, 57000 Khala Lumpur, Malaysia.
電話：(603)9056 3833　傳真：(603) 9056 2833

版型設計／小題大作
封面設計／黃聖文
繪　　圖／文成
電腦排版／普林特斯資訊有限公司
印　　刷／鴻霖印刷傳媒股份有限公司
總 經 銷／農學社
電話：(02)29178022　傳真：(02)29516275

■2002年（民91）9月9日初版
■2018年（民107）7月6日初版91刷
Printed in Taiwan.

售價／180元

ISBN　986-7892-61-5

廣　告　回　函	
北區郵政管理登記證	
北臺字第10158號	
郵資已付，免貼郵票	

100 台北市信義路二段213號11樓

城邦文化事業（股）公司　收

請沿虛線對摺，謝謝！

商周出版

書號：BX 4030G　　書名：聽笨金魚唱歌

請於此處用膠水黏貼

商周出版

讀者回函卡

謝謝您購買我們出版的書籍！請費心填寫此回函卡，我們將不定期寄上城邦集團最新的出版訊息。

姓名：＿＿＿＿＿＿＿＿

性別：□男　□女

生日：西元＿＿＿＿年＿＿＿＿月＿＿＿＿日

地址：＿＿＿＿＿＿＿＿

聯絡電話：＿＿＿＿＿＿＿＿　傳真：＿＿＿＿＿＿＿＿

E-mail：＿＿＿＿＿＿＿＿

學歷：□1.小學 □2.國中 □3.高中 □4.大專 □5.研究所以上

職業：□1.學生 □2.軍公教 □3.服務 □4.金融 □5.製造 □6.資訊

□7.傳播 □8.自由業 □9.農漁牧 □10.家管 □11.退休

□12.其他＿＿＿＿＿＿＿＿

您從何種方式得知本書消息?

□1.書店□2.網路□3.報紙□4.雜誌□5.廣播 □6.電視 □7.親友推薦

□8.其他＿＿＿＿＿＿＿＿

您通常以何種方式購書?

□1.書店□2.網路□3.傳真訂購□4.郵局劃撥 □5.其他＿＿＿＿

您喜歡閱讀哪些類別的書籍?

□1.財經商業□2.自然科學 □3.歷史□4.法律□5.文學□6.休閒旅遊

□7.小說□8.人物傳記□9.生活、勵志□10.其他＿＿＿＿

對我們的建議：＿＿＿＿＿＿＿＿

＿＿＿＿＿＿＿＿

＿＿＿＿＿＿＿＿

＿＿＿＿＿＿＿＿

請於此處用膠水黏貼